漱石・龍之介の俳句

斉藤英雄
Saito Hideo

翰林書房

漱石・龍之介の俳句◎目次

第一部　漱石

第二部　龍之介

第三部　他の俳人

第一部　漱石

I　漱石と子規の交友について—結婚の俳句を中心に—

はじめに

夏目漱石と正岡子規の交友が期間は短くても、親密であったことはよく知られている。漱石と子規の交友は、二人が共に第一高等中学校本科の学生であった明治二十二年に始まり、漱石の滞英中に子規が亡くなる明治三十五年に終わっている。だから、二人の交友期間は約十三年間ということになる。決して長くはない。本稿では、この約十三年間のうち、漱石の結婚時に焦点をしぼり、二人の交友の実態を明らかにしてみたい。

一

漱石が貴族院書記官長中根重一の長女鏡子と見合いをするため、当時、住んでいた松山を発ち、上京したのは、明治二十八年十二月下旬のことであった。同月二十八日、虎の門の書記官長官舎で行なわれた見合いの結果、漱石と鏡子の婚約が成立する。

結婚式は、明治二十九年六月九日、熊本市内の光琳寺町（現在は下通町）にある漱石の自宅であげられた。これは明治二十九年四月、漱石が愛媛県尋常中学校（松山中学）から熊本市の第五高等学校に移っていたためである。花嫁の鏡子や父親の重一は、東京から熊本へかけつけたということになる。この時、漱石は三十歳、鏡子は二十歳であった。

二

漱石が筆まめな人物で、その生涯において数多くの書簡を書いたことは周知の事実である。漱石は鏡子との結婚式のことを書簡で知人や友人に知らせている。子規も漱石から書簡を貰っている。以下、漱石の子規宛書簡を紹介しよう。

日付けは明治二十九年六月十日（推定）である。挙式の日の翌日ということになる。宛先は下谷区上根岸町八十二番地　正岡常規宛である。この頃、子規が東京の下谷に住んでいたことがわかる。

　中根事去る八日着昨九日結婚略式執行致候近頃俳況如何に御座候や小生は頓と振はず当夏は東京に行きたけれど未だ判然せず俳書少々当地にて掘り出す積りにて参り候処案外にて何もなく失望致候右は御披露まで余は後便に譲る　頓首

　衣更へて京より嫁を貰ひけり

愚陀仏

子規様

冒頭部から、「中根事」（父重一と娘の鏡子）が「八日」に東京から熊本に「着」いたことがわかる。それから、翌「九日」に「結婚」が「略式」で「執」り「行」われたこともわかる。

興味深いことは、話題が結婚式のことから、突然、「俳況」へ転じていることである。漱石が句作に熱中していたことが窺える。事実、明治二十九年は漱石の句作数が多い年でもある。漱石は子規の「俳況」をきいた上で自分の「俳況」について「頓と振はず」と述べている。次いで、話題は「当夏」の「東京」行と変わり、「行きたけれど判然せず」と述べている。新婚直後ならいろいろと忙しく、たとえ夏休みであっても東京へ行けないというのはもっともである。次に話題はまたまた「俳況」に戻り、「俳書」探索の件となる。漱石は「俳書」を「当地にて」（移った熊本で）「掘り出す」（見つけて購入する）つもりでいたところ、「何もなく失望」したというのである。ここは、漱石の落胆ぶりが目に浮かんでくる箇所である。

そして、末尾に漱石の俳句「衣更へて京より嫁を貰ひけり」が添えられている。漱石の子規宛書簡において私が最も重視するのが、この「衣更へて」の句である。

「衣更へて」の句について詳しく述べる前に、この書簡の構成について述べておきたい。私はこの書簡の構成はうまくできていると思う。というのは、冒頭部で結婚式の件を出し、ついで、「俳況」と「俳書」の件を述べ、最後に結婚を詠んだ俳句を紹介し、結んでいるからである。こう見てくると、結婚式の件のあと、話題が突然、「俳況」「俳書」の件へと転じていったのは、決して無駄ではなかったことになる。「俳況」と「俳書」に関する部分があるからこそ、冒頭部の結婚式を題材とした俳句を末尾に添えても不思議ではなくなってくるのである。「俳況」と「俳書」に関する部分は、冒頭部の結婚式の件と末尾の結婚を詠んだ俳句とを結びつける接着剤のような役割をしている。漱石は書簡の書き方もうまい。

さて、「衣更へて京より嫁を貰ひけり」について述べていきたい。

上五の「衣更へて」から季がわかる。歳時記には「更衣」(ころもがえ)で出てくるもので、夏の季語である。ある歳時記には次のような説明が出ている。「春の衣服を夏のものに替えること。昔は陰暦四月朔日を更衣の日と定め、その日に袷にかえたものだが、明治以後は一般に気候の温暖にしたがい、随時かえるようになった。ただし花柳界などでは昔の慣例にしたがっている」[1]。式があった六月九日ならもう春の衣服を夏の衣服に代えている筈である。従って、季語として妥当であろう。少し遅いかもしれない。

「京より」というのは、決して京都ではない。あくまでも東京である。漱石には結婚するなら、相手の女性は地方(松山や熊本)の女性ではなく、東京の女性という気持ちが強かったようである。漱石は松山にいたとき、結婚を考えるようになり、明治二十八年七月二十五日付斉藤阿具宛書簡で「近頃女房が貰ひ度相成候故田舎ものを一匹生擒る積に御座候」と述べている。しかし、松山の女性とは見合いも結婚もしていない。松山からわざわざ東京へ赴き、鏡子と見合いをし、結婚を決めている。

「嫁を貰ひけり」では、まず、漱石が「嫁」という言葉を使っていることに注目したい。この言葉から、漱石の心中に鏡子を妻と見る意識が発生していることが読みとれる。ということは、漱石の心中には、自分を夫と考える意識も発生していると見なしてさしつかえあるまい。次に、漱石が「けり」という切れ字を使っていることにも注目したい。切れ字には意味を強める役割があるから、「嫁を貰ったのだよ」、または、「嫁を貰ったことよ」ととってよいだろう。とすると、「嫁を貰ひけり」には、漱石の強い気持ちが表明されていることになる。この強い気持ちは、漱石の心中に今後は夫として家庭を営んでいくのだという強い決意をも生み出している筈である。

このように「衣更へて京より嫁を貰ひけり」の句を見てくると、この句は一見、単純な内容の句のように見えるけれども、実は結婚直後の漱石のさまざまな意識や気持ちが窺える句と言ってよいだろう。

ここで、上五の「衣更へて」に戻ってみたい。そもそも、漱石が「更へ」たのは、「衣」だけだったのだろうか。いや、そうではない。漱石は自分の生活をも「更へ」ている。つまり、漱石は気楽な独身の生活から妻と一緒に家庭を営んでいく生活へと「更へ」たのである。従って、「衣更へて」には二重の意味がある。とすれば、漱石の「衣更へて」の句は、一見、単純な詠み方をした句のように見えても、実はそうではなく、技術的な面から考えても巧みな句ということになる。漱石の句作りは案外巧妙である。

以上から、漱石の「衣更へて」の句は、漱石の生涯の大きな区切りをはっきり示す句として、そして、二重の詠み方をした技巧的な句として重要な句になってくる。この句を単なる挨拶句ととってはなるまい。

三

では、漱石から末尾に結婚の句を添えた書簡をもらった子規は、どう反応したのであろうか。子規は東京から熊本の漱石に俳句を書いた短冊を郵送で贈っている。この件について、鏡子は次のように証言している。

子規さんが短冊を書いて送つて下さいました。熊本から東京へ引き移る時、大方そんなものはみんな破いて捨てたものでせう。今思ふと惜しいと思ひますが、どうも見当りません。たしかこんな句であつたと覚えております。

蓁々たる桃の若葉や君娶る

赤と白との団扇参らせんとぞ思ふ

後の方の句は少し間違つてゐるかも知れません(2)（ルビは省略。傍点は筆者。以下同じ）。

これから、子規が東京から熊本の漱石に結婚のお祝いとして俳句を書いた「短冊」を二枚も送っていることがわかる。前の句は下五の「君娶る」から漱石の結婚そのものを直接詠んでいることがわかる。後の句は「赤と白との団扇」から漱石の結婚をものによって祝福していることがわかる。子規の二句のうち、私が重視するのは、鏡子が「少し間違つてゐるかも知れません」と述べている後の句ではなく、前の句である。

子規は「蓁々たる」の句を、どのようにして作り、どんな気持を込めて漱石に贈ったのであろうか。

実はヒントとなる資料がある。詩人・評論家の大岡信が書いた文章がそれである。大岡は『朝日新聞』（朝刊、'02・6・9）の「折々のうた」にこの「蓁々たる」の句をとりあげ、簡潔、的確な解説文を書いている。

解説文を紹介する前に、「蓁々たる」の句が「折々のうた」にとりあげられた日付に注目したい。六月九日である。これは漱石と鏡子の結婚式があげられた日である。すると、大岡は漱石が挙式したその日を選んで新聞に掲載したということになる。なんと粋なはからいをしたことであろうか。

では、解説文を紹介しよう。

蓁々たる桃の若葉や君娶る　　正岡子規

『寒山落木』所収。「漱石新婚」と前書がある。子規と漱石は学生時代からの親友で、この時漱石は熊本の五高教授だった。父親と一緒に熊本にやってきた中根鏡子と、明治二十九年六月九日に結婚する。子規は東京の下谷からこの句を漱石に贈って祝福した。「蓁々」は有名な『詩経』の「桃の夭夭たる　其の葉は蓁蓁たり」という詩句を踏んで一家の繁栄を願っている。二人の往復書簡では漢詩文が自在に使われていた。

『寒山落木』とは、子規が自分で作った「年次別の類題全句集の稿本[3]」のことをいう。これには子規の明治十八年から同二十九年までの句が入っている。そこで、明治二十九年の句が入っている『寒山落木』の巻五を『子規全集第二巻』（昭50・6、講談社）で見ると、「若葉」のところに確かに「蓁々たる」の句がある。そして、大岡の述べるように「漱石新婚」という前書も確かに付けられている。

解説文のうち、子規と漱石の交友や漱石の結婚に関する解説は、今迄、私が書いてきたことと同じなので繰り返さない。

重要なのは、私が傍点を打っておいた部分である。ここには、子規の贈答句「蓁々たる桃の若葉や君娶る」が、中国で最も古い詩集『詩経』の詩の一節を「踏んで」作られていることが指摘されている。私が前にヒントと言ったのは、この部分にほかならない。

本当に『詩経』には「桃の夭夭たる　其の葉は蓁蓁たり」という詩句を含む詩があるのだろうか。ある。「桃夭」という詩がそれである。次に「桃夭」を省略せず紹介しよう。原詩、書き下し文、訳という順番である。まず、原詩。

桃夭

桃之夭夭
灼灼其華
之子于帰
宜其室家

桃之夭夭
有蕡其実
之子于帰
宜其家室

桃之夭夭
其葉蓁蓁
之子于帰
宜其家人

四言四句三章になっている。これが『詩経』の詩の基本型である。
次に書き下し文を紹介しよう。一海知義のものである。

桃の夭夭たる
灼灼たり　其の華
之の子　于き帰ぐ
其の室家に宜しからん

桃の夭夭たる
有に蕡たり　其の実
之の子　于き帰ぐ
其の家室に宜しからん

桃の夭夭たる
其の葉　蓁蓁たり
之の子　于き帰ぐ
其の家人に宜しからん(4)

最後に訳を紹介しよう。これも一海知義のもの。

桃の木の若々しさよ。
燃え立つようなその花よ。
桃の花のようなこの娘は、いまお嫁にゆく。
とつぎ先にふさわしいいい嫁御になることでしょう。

桃の木の若々しさよ。

はちきれんばかりのその実よ。
桃の実のようなこの娘は、いまお嫁にゆく。
とつぎ先にふさわしいいい嫁御になるでしょう。

桃の木の若々しさよ。
ふさふさと繁ったその葉よ。
桃の葉のように豊かなこの娘は、いまお嫁にゆく。
とつぎ先の人々にもいい嫁御になることでしょう。(5)

「桃夭」の形式上の特色をあげておこう。第一は、一聯、二聯、三聯と三聯まで続くこと。第二は、各聯の一行目が全て「桃之夭夭」であり、同一であること。第三は、各聯の二行目が全て違うこと。どんなふうに違うかというと、一聯は桃の「華」、二聯は桃の「実」、三聯は桃の「葉」がとりあげられている。第四は、各聯の三行目が全て「之子干帰」であり、同一であること。第五は、各聯の四行目には全て「家」が入っていてほぼ同一であること。

次に、「桃夭」の内容上の特色をあげておこう。第一は、三つの聯の全てが桃の様子と嫁いで行く娘を詠んでいること。第二は、嫁いで行く娘を賞讃するのに桃の「華」、「実」、「葉」が使われていること。第三は、三つの聯の全てが嫁いで行く娘は嫁ぎ先にふさわしい、良い嫁になるだろうと結ばれていること。

さて、「桃夭」を見てきてわかることは、子規が「蓁々たる」の句を作るとき、参考にしたのは、「桃夭」の一聯でもなく、二聯でもなく、三聯の二行目の「其葉蓁蓁」だったということである。私は大岡の「折々のうた」の解説文の一節に触発されて調査を始めた。そして、子規の句の典拠を確認した。しかし、この件はこれで終わりにならなかった。さらに、いくつか問題が出てきたからである。

その一つをあげよう。子規が「桃夭」の三聯を知っていたということは、当然、一聯も二聯も知っていたということである。とすれば、子規は一聯の二行目の「灼灼其華」を取り入れて作った句を漱石に贈ってもよかったのではあるまいか。実は、子規は漱石の挙式よりも前に「出女が恋待つ桃に花が咲く[6]」という句を作っている。この句は、新聞『日本』（明29・4・23）の「松羅玉液」に発表されている。しかし、この句を子規は漱石に贈ってはいない。「出女」の「恋」では、いくら桃の花が詠まれていても、漱石の結婚を祝福することはできない。それなら、二聯の「有蕡其実」を取り入れて作った句を漱石に贈ってもよかったのではあるまいか。しかし、子規はそうしなかった。あくまでも、子規は三聯の「其葉蓁蓁」を取り入れて作った句を漱石に贈っている。

では、なぜ、子規はことさら三聯の「其葉蓁蓁」を取り入れて作った句を漱石に贈ったのだろうか。鍵となるのは、「桃夭」の形式上の特色の第三にあげておいた、各聯の二行目の桃の様相の違いである。繰り返すと、一聯には桃の「華」が出ている。二聯には桃の「実」が出ている。三聯には桃の「葉」が出ている。

ここで、俳句の規則を確認しておきたい。俳句、中でも伝統的俳句を作る際は、二つの作業が必須である。一つは季語を入れることであり、もう一つは五七五の定型を守ることである。ここでは、季語を入れることに重点をおいて論を展開したい。

「桃夭」に出てくる桃の様相の季節を把握しておこう。歳時記によれば、一聯の桃の「華」は春になる。二聯の桃の「実」は秋になる。ところで、漱石が結婚式をあげたのは、(明治二十九年)六月九日であった。この頃は、決して春ではない。決して秋でもない。夏である。従って、句を作る場合、一聯の春の桃の「華」では不適切、二聯の秋の桃の「実」でも不適切ということになってくるのである。

では、三聯の桃の「葉」なら、よいのだろうか。そうはいかない。「葉」だけでは季節は決められないからである。桃の木は冬になると、「葉」は全て落ちる。従って、冬は除外できる。しかし、春、夏、秋のいずれもあてはまってしまう。ここで、問題になってくるのが「蓁蓁」である。これは桃の「葉」の状態を示している。どういう状態かというと、「草木の葉の盛んにしげるさま」[7]をいう。桃の木は春は芽が出た段階であり、「葉」は決して「盛んにしげ」らない。秋の「葉」はそのうち散っていくのだから、これまた「盛んにしげる」ことはない。こうして、「蓁蓁」に注目すれば、春と秋が脱落し、夏が残る。では、夏、「草木の葉の盛んにしげるさま」をもっともよく示す言葉は何であろうか。歳時記に出てくる季語を使って言えば、「若葉」、または、「青葉」ということになる。

「若葉」と「青葉」は似ている。芭蕉に「あらたふと青葉若葉の日の光」という有名な句もある。では、「若葉」と「青葉」は、どんな違いがあるのだろうか。ある歳時記の「青葉」の項には、「季節的に若葉よりもいくぶん夏も闌けた感じがする」[8]という説明がある。漱石が式をあげた六月九日は、初夏とは言えないが、けして「夏も闌けた」時期ではない。ならば「青葉」よりも「若葉」の方がふさわしい。こう考えて、子規は「青葉」ではなく「若葉」を選び、上五の「蓁々たる」の下に「桃の若葉や」と中七を続けたのであろう。

あとは、漱石が結婚したことを下五に入れれば一句は完成する。このとき、子規が参考にしたのが、漱石が結婚したことを子規に伝えた書簡の末尾に添えておいた句「衣更へて京より嫁を貰ひけり」である。特に後半の「嫁を貰ひけり」のところがそうである。というのは、先に述べたように、漱石はここに切れ字「けり」を用い、「嫁を貰ったのだよ」と自分の気持ちを強く表明していたからである。子規が漱石の「衣更へて」の句に応じるとすれば、後半の「嫁を貰ひけり」のところ以外には考えられない。そして、子規が考えた下五が「君娶る」だった。「君」とは言うまでもなく漱石のことである。「娶《めと》る」とは「妻（め）取る」の意で女性を、ここでは鏡子を「妻として迎える」(9)ことである。この下五は漱石と鏡子だけを対象として作られていると言っても過言ではない。

こうして、完成した「蓁々たる桃の若葉や君娶る」の句を、子規は短冊に書き、漱石に郵送で贈り、親友の結婚を祝福したのである。結核から脊椎カリエスになり、床に臥している自分自身は、漱石のように結婚して夫として家庭生活を営むことは今後決してないと思いつつ……。

四

では、子規から郵送で贈られた短冊で「蓁々たる」の句を読んだ漱石の反応はどうだったのだろうか。漱石は句を一読し、すぐに理解したであろう。俗な言葉をあえて使えば、漱石は一読してぴんと来たと私は思う。というのは、漱石も『詩経』の中の「桃夭」を知っていたと考えられるからである。『漱石全集第二十七巻』（平9・12、岩波書店）の「漱石山房蔵書目録」を見ると、『詩経』に関する書物が出てくる。朱熹集伝・寸雲子評註・鈴木温校『詩経集註』（八巻六冊、今村八兵衛蔵板、寛政三年再刻）がそれである。これから、漱石が『詩経』そのものではないものの、『詩経』の注釈書を持っていたことがわかる。従って、漱石が『詩経』を、そして、『詩経』の「桃夭」を読み、知っていた可能性が大きいと言ってさしつかえあるまい。

『詩経集註』の「桃夭」のところに書き込みがあれば、漱石が「桃夭」を読み、知っていたと断言できる。そこで『漱石全集第二十七巻』の「蔵書に書き込まれた短評・雑感」の「和書」のところを見ると、『詩経集註』は出ていない。『詩経集註』には書き込みはないようである。では、書き込みがないから読んでいないと言えるだろうか。そうは言えないと思う。人は読んだ本全てに書き込みをするとは限らないからである。読んでいても何も書かないことは大いにありうる。

漱石は元々漢詩文が好きであった。進学した府立一中を、英語が学べないからということで退学しながら、一時、漢詩文を専門に教える二松学舎へ通っているほどである。また、千葉へ旅行しては、旅の様子を漢詩文で記した『木屑録』を書き、子規に見せてもいる。すると、やはり、漢詩文が好きだった子規が『木屑録』を一読しては、感嘆の声を発し、激賞するということもあった。晩年、漱石は『明暗』を書きながら、漢詩を書いている。

こういう漱石であれば、蔵書の中に『詩経集註』があったことから、漱石が「桃夭」を読み、知っていたと考えてほぼ間違いあるまい。子規も漱石が「桃夭」を知っていることを承知していたからこそ、「桃夭」の一節を取り入れて作った句を贈ったのである。だから、漱石は子規から贈られてきた短冊に書かれた句「蓁々たる桃の若葉や君娶る」を見た瞬間、この句の上五中七は『詩経』の「桃夭」の三聯の一、二行目「桃之夭夭　其葉蓁蓁」を踏まえて作られたものとすぐに理解した筈である。そして、漢詩の一節を巧みに取り入れて句を作った子規の句作りのうまさに感心したことであろう。このあと、漱石は下五の「君娶る」について、これはまぎれもなく自分が子規宛書簡の末尾に添えた句「衣更へて京より嫁を貰ひけり」へのお返しとして付け加えられたものとこれまたすぐに理解した筈である。そして、子規の配慮に感激したことであろう。とすれば、子規が作った「蓁々たる桃の若葉や君娶る」は贈答句として見事に成功した句と言ってよい。

「蓁々たる」の句その後のことを述べておきたい。この句は、『寒山落木』巻五（明治二十九年）に「漱石新婚」の前書をつけて収録されたあと、実は活字になっている。新聞『日本』（明30・3・22）の「俳句と漢詩」に出てくる。ここで、子規はまず、「桃夭」の三聯を一行で全て引用したあとに「蓁々たる」の句を置き、「こは意を取りたるにはあらで原詩を踏まえて作りたる者即ち原詩を応用したる者なり」と述べている。この説明によると、子規が「桃夭」だけを「踏まえて」、「蓁々たる」の句を作ったかのように見える。しかし、漱石の結婚という事実や漱石が詠んだ「衣更へて」の句の影響なども合わさって、「蓁々たる」の句ができあがったことを忘れてはならない。

五

私は本稿の冒頭で、漱石と子規の交友は短期間ではあっても、親密なものであったことがよく知られていると述べた。そして、漱石の結婚時に作られた漱石と子規の俳句を一句ずつとりあげ、考察してみた。それは次のようなものであった。まず、漱石は結婚したときの自分の気持ちを「衣更へて京より嫁を貰ひけり」という句に詠んで子規に送った。これを読み、子規は漱石の夫として生きていく決意を感じとった。次に、子規は『詩経』の詩を取り入れ、かつ、漱石の句にも応じて「蓁々たる桃の若葉や君娶る」を作り、漱石に贈った。これを読み、漱石は子規の句作りのうまさやきちんと自分の句に応じてくれた配慮に感心し、感激した。これは漱石と子規が結婚の俳句のやりとりを通して、心の交流もしていたということである。こういうことがわかり、私は漱石と子規の交友がやはり親密なものであったことを再認識した次第である。

注

（1）『合本俳句歳時記新版』（昭59・8、角川書店、「更衣」の項）
（2）夏目鏡子述・松岡譲筆録『漱石の思ひ出』（昭4・10、岩波書店、二六頁―二七頁）
（3）和田茂樹「解題」（『子規全集第二巻』、昭50・6、講談社、六五八頁）
（4）一海知義『漢詩入門』（'98・6、岩波書店、二頁―三頁）

（5）注（4）と同書（四頁）

（6）この「出女が恋待つ桃に花が咲く」はのち、新聞『日本』（明30・3・22）の「俳句と漢詩」には「出女が恋する桃に花が咲く」で出ている。

（7）新村出編『広辞苑第四版』（'91・11、岩波書店、「蓁蓁」の項）

（8）注（1）と同書（「青葉」の項）

（9）注（7）と同書（「娶る」の項）

II　漱石の新婚旅行の俳句について（その1）——筑紫野市の俳句を中心に——

一

明治二十九年六月九日、夏目漱石は熊本市光琳寺町の自宅の六畳の離れで、父中根重一とともに東京からやってきた鏡子と結婚式をあげた。

二人の結婚式後の旅行のことは、漱石の明治二十九年九月二十五日付正岡子規宛書簡に出てくる。次の一節がそうである。

　小生当夏は一週間程九洲地方汽車旅行仕候（傍点は筆者。以下同じ）。

「当夏」と書かれているので、私達はこの「九洲地方汽車旅行」が六月から八月の間になされたと考えがちである。しかし、実際はそうではない。というのは、妻鏡子が次のように述べているからである。

　新婚の真夏も過ぎて、九月に入ると早々一週間ばかりの予定で、一緒に九州旅行を致しました(1)

（ルビは省略。以下同じ）。

これから、漱石と鏡子の結婚式後の旅行が決して夏ではなく、「九月」の初めに実施されたことがわかる。結婚式が六月九日で、旅行が「九月」の初めではかなり間隔があいている。すでに秋に入っている。旅行の実施が遅れたのは、鏡子の言葉を借りれば、漱石と鏡子が「真夏」の暑さを避けたためであろう。

「九月」の何日から何日かまでは不明である。荒正人が作成した詳細な年表にも明示されていない。(2)従って、日付と期間については、漱石と鏡子の言葉のように「一週間」と言っておくしかない。

行先については、漱石と鏡子も述べている「九州（洲）地方」ということになる。

以上から、「九月」の初めになされた「一週間」の「汽車」による「九州（洲）旅行」を、漱石と鏡子の「新婚」旅行としてさしつかえあるまい。

では、漱石と鏡子は「九州（洲）地方」のどういうところへ行ったのであろうか。鏡子は前に引用した言葉に続けて次のように述べている。

　福岡に居る叔父を訪ねて、筥崎八幡や香椎宮や太宰府の天神やにお参りして、それから日奈久温泉などに行きました。(3)

これから、二人が行ったところがだいたいわかる。「筥崎八幡」「香椎宮」「太宰府の天神」「日奈久温泉」などである。

しかし、引用した鏡子の言葉よりも良い資料がある。それは漱石の俳句である。漱石の俳句については、鏡子も次のように述べている。

（筆者注、漱石は旅行から）帰つて来てから旅行中の俳句を沢山作つて子規さんの処へ送りました。其頃はよく俳句を作つて居りまして、それを又丹念に巻紙や半紙に書いて、子規さんのところへ送るのでした。(4)

では、漱石は「旅行中の俳句」をいつ、どんなふうにして子規に送ったのだろうか。ここで、先にあげた明治二十九年九月二十五日付正岡子規宛書簡をもう一度とりあげたい。漱石はこの書簡の末尾に追伸のかたちで「駄句少々御目にかけ候」とつけくわえている。漱石の言う「少々」の「駄句」は、『漱石全集第十七巻』（平8・1、岩波書店）に「子規へ送りたる句稿十七　四十句」として収録されている。この中に漱石と鏡子の結婚式後の「旅行中の俳句」が入っている。漱石は「小生当夏は一週間程九洲地方汽車旅行仕候」と書いた明治二十九年九月二十五日付正岡子規宛書簡と一緒に、「旅行中の俳句」を記した句稿を「駄句少々」と謙遜しつつ、子規に送っていたのである。

「子規へ送りたる句稿十七　四十句」のうち、私が重要と思うのは、最初の十句である。というのは、これら十句には全て地名や建造物名が前書としてつけられているからである。これらの前書がついた漱石の句を順に追っていけば、新婚旅行で漱石と鏡子が行ったところをおのずと辿ることになる。そこで、以下にその十句をあげておく。なお、句の上の洋数字は、私が便宜的につけた通し番号である。それから、句の下に添えた「承露盤」とは、子規が他の人から送られてきた句の中から良い句を選び、書き留めておいた手控えの句稿のことである。であれば、「承露盤」に入った句は、子規の目を惹いた句と言ってよい。

博多公園

①初秋の千本の松動きけり

箱崎八幡

②鹹はゆき露にぬれたる鳥居哉（「承露盤」）

香椎宮

③秋立つや千早古る世の杉ありて（「承露盤」）

天拝山

④見上げたる尾の上に秋の松高し

太宰府天神

⑤反橋の小さく見ゆる芙蓉哉（「承露盤」）

観世音寺

⑥古りけりな道風の額秋の風

都府楼

⑦鳴立つや礎残る事五十

二日市温泉

⑧温泉の町や踊ると見えてさんざめく

梅林寺

⑨碧巌を提唱す山内の夜ぞ長き

船後屋温泉

⑩ひや〳〵と雲が来る也温泉の二階（「承露盤」）

以上の十句の前書から、漱石と鏡子が行ったところがわかる。①「博多公園」（福岡市）、②「箱崎八幡」（同）、③「香椎宮」（同）、④「天拝山」（筑紫野市）、⑤「太宰府天神」（太宰府市）、⑥「観世音寺」（同）、⑦「都府楼」（同）、⑧「二日市温泉」（筑紫野市）、⑨「梅林寺」（久留米市）、⑩「船後屋温泉」（船小屋温泉が正しい。筑後市）ということになる。先に鏡子があげたところは、「筥崎八幡」「香椎宮」「太宰府の天神」「日奈久温泉」（熊本県八代市）の四つだった。前の三つは、漱石の句②③⑤の前書と一致する。

問題は最後の「日奈久温泉」である。①から⑩までの漱石の句の前書に入っていない。先に鏡子の言葉を引用した際、私が「二人が行ったところがだいたいわかる」と記したのは、こういうことがあるからである。

この件について荒正人は次のように説明している。

> 日奈久温泉は、久留米から遠すぎる。九州鉄道も通じていない。漱石は船後屋《ママ》の俳句は詠んでいるが、日奈久のものはない。(1)発音が似ているために混同したものか、(2)別の機会に、日奈久温泉に行ったことがあるかもしれない。[5]

私は現段階では、(1)の説明が適切ではないかと考えている。「ふなごや」と「ひなぐ」、確かに「発音が似ている」。「混同した」可能性は高い。

とすれば、漱石と鏡子が行ったところは、括弧内の市名からわかるように、全て福岡県内にあるということになる。二人とも行き先を広く「九州（洲）地方」と述べていた。これだと、二人が行ったところが「九州（洲）」のあちこちであるかのようにとれる。しかし、実際はそうではない。二人が行ったところは全て福岡県内である。注意しておきたい。

なお、『漱石全集第十七巻』では、漱石の十句について、「九月初めに妻とともに北九州を旅した折のもの」という「注解」(6)がつけられている。二人が行ったところが「北九州」になっていて、「九州（洲）」よりは地域がせばまっている。しかし、「北九州」では、九州の北部、または、北九州市ととられる恐れがある。従って、二人が行ったところは、福岡県内の各地としたほうがより正確になると思う。

二

鏡子が、前に引用した言葉のあと、次のように続けていることに注目したい。

今でもその頃の句稿が沢山残つて居りまして、それには子規さんが朱筆で点を打つたり、丸をつけたり、評を書いたり、添削したりしております。(7)

実は、鏡子の言う「その頃の句稿」は、かつての帝国図書館、現在の国会図書館に「夏目漱石眞筆俳稿」として保管されており、私達はマイクロコピーで見ることができる。その中には、私が重要と思い、先に引いた十句も入っている。次に紹介しよう。句の上の洋数字は、やはり便宜的に私がつけたものである。

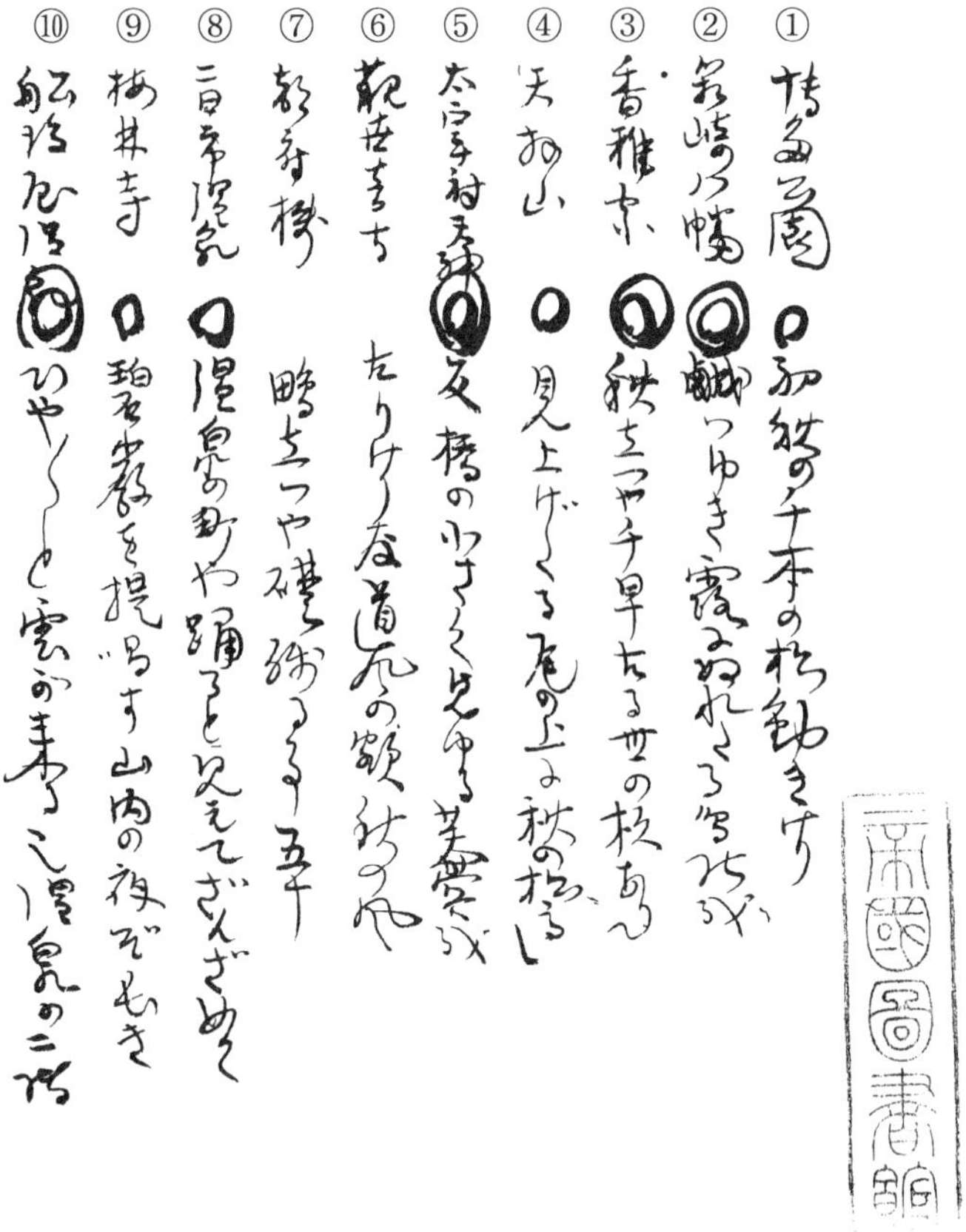
①博多公園　○初秋の千本の松動きけり
②箱崎八幡　◎鹹はゆき露にぬれたる鳥居哉
③香椎宮　◎秋立つや千早古る世の杉ありて
④天拝山　○見上げたる尾の上に秋の松高し
⑤太宰府天神　◎反橋の小さく見ゆる芙蓉哉
⑥観世音寺　古りけりな道風の額秋の風
⑦都府楼　鴫立つや礎残る事五十
⑧二日市温泉　○温泉の町や踊ると見えてさんざめく
⑨梅林寺　○碧巌を提唱す山内の夜ぞ長き
⑩船後屋温泉　◎ひや〳〵と雲が来る也温泉の二階

右下に、「帝国図書館」という印がある。これで、この句稿が「帝国図書館」所蔵のものであったことがわかる。次に句が十句、毛筆で書かれている。漱石直筆の字である。上に地名・建造物名（これが前書にあたる）が、下に句が書かれている。

重要なのは、上の地名・建造物名と下の句との間である。鏡子が述べたように「丸」がついている。二重丸（◎）と一重丸（○）の二種類ある。無印のところもある。これから、子規が漱石の新婚「旅行中の俳句」を三種類に分類、評価していたことがわかる。

二重丸（◎）の句は、②③⑤⑩の句である。この四句は、子規が十句の中でも優れていると評価した句ということになる。いわば、秀逸の句である。実際、この四句は子規の「承露盤」にも書き抜かれており、子規の目を強く惹いたことが窺える。

一重丸（○）の句は、①④⑧⑨の句である。この四句は、十句の中では②③⑤⑩の句に次いで良い句ということになる。いわば、佳作の句である。

無印の句は、⑥⑦の句である。この二句は、子規の目からは取るに足らぬ句に見えたのであろう。漱石が子規宛書簡の中で用いた言葉を借りて言えば、「駄句」ということになるかもしれない。

さて、①から⑩までの漱石の句のうち、私が本稿で主にとりあげる句は、④の句と⑧の句である。理由の第一は、両句とも筑紫野市と密接な関係があるからである。④の句の前書「天拝山」も⑧の句の前書「二日市温泉」もともに筑紫野市にある。理由の第二は、両句とも一重丸（○）がつけられており、子規によって佳作と評価されているからである。両句はできばえもそう悪くはない。以下、④の句と⑧の句について少し詳しく述べていくことにする。

三

まず、④の句について。

天拝山
④見上げたる尾の上に秋の松高し

前書の「天拝山」とは、どういう山なのであろうか。『漱石全集第十七巻』には、次のような「注解」がつけられている。「標高二五八メートル。現在の福岡県筑紫野市にあり、菅原道真が東方の天を拝したことにちなんでこの名がついた[8]」。「標高二五八メートル」なら、それほど高くはない。これは、私が現地調査に行き、筑紫野市街から天拝山を見たときも同様だった。重要なのは、天拝山の高さではなく、天拝山が菅原道真ゆかりの山ということである。

そこで次に、天拝山の山頂にある説明板（福岡県が設置したもの。Ａとする）の文章（横書き）を紹介しよう。「注解」より詳しい説明がなされていて、参考になる。

> この山は、標高２５８ｍで、昔は天判山ともいわれ、菅公（菅原道真）にちなむ古事をもつ山です。延喜２年（１９０２）菅公がこの山に登り罪なき事を訴え、天帝により天満自在天神という尊号を下されたといわれ、菅公が天を拝した所に天拝岩を御神体とする神社があります。

これから、天拝山の前の山名（「天判山」）、道真が天拝山に登った年（「延喜2年」）、道真が「天帝」から与えられた「尊号」（「天満自在天神」）などもわかる。

以上から、前書の「天拝山」が菅原道真と密接な関係があることがよくわかる。漱石が「天拝山」と道真の深い結びつきを知らなかったということは考えられない。よく承知していた筈である。前書から、このことをおさえておきたい。

上五の「見上げたる」から、漱石が「天拝山」の頂上にいないことが読み取れる。頂上にいれば、上五は「見下ろせし」になっているであろう。漱石は下の平地にいる。そして、「天拝山」を「見上げ」ているのである。

では、「天拝山」を「見上げ」ている時の漱石の心情はどういうものであったろうか。漱石は、平安時代の日本の都京都から地方の九州の太宰府へ流された道真の生涯を思い浮かべつつ、明治時代の首都東京から地方の九州の熊本に来た自分の生涯について考えていたのではないだろうか。道真と漱石の生涯は、当時の首都から地方へ、それも九州へ行ったという点に限れば、驚くほど似ている。一句のどこにも道真という人物名は出ていない。しかし、「天拝山」という、道真に密接な関係がある山を「見上げ」ている漱石が、道真の生涯と自分の生涯とを重ね合わせていたであろうことは、十分にありうる。

中七の「尾の上に秋の」に移ろう。「尾」とは、どういう意味だろか。『広辞苑第四版』（'91・11、岩波書店）の「お」（漢字は「尾」）のところを見ると、①が「しっぽ」、②が「山の裾の延びた所」とある。天拝山は山だから、②の意味を取りたくなる。しかし、これでは、漱石が「見」ていた「尾」は

「山の裾」の低い「所」になってしまう。すると、漱石が「見上げ」る必要がなくなってくる。おかしい。

ところで、『広辞苑第四版』には、この「お」(尾)の先にもうひとつ「お」が出てくる。こちらの「お」の漢字は、「峰・丘」である。意味は①が「山のみねつづきの所。山の稜線、尾根」。これは漢字の「峰」の意味になる。②が「山の小高い所。おか」。これは漢字の「丘」の意味になる。つまり、こちらの「お」(峰・丘)は、山の高い所をさしている。「お」が山の高い所をさしているのなら、漱石が「見上げた」というのももっともということになる。おかしくはない。以上から、漱石は、中七の「尾」を「峰・丘」の意味で使っていると考えたほうがよい。

では、漱石が「お」と言うのに「尾」という漢字を使い、「峰」または「丘」という漢字を使わなかったのはなぜだろうか。それは、「峰」を使うと読者に「お」より「みね」と読まれ、「丘」を使うと読者に「お」より「おか」と読まれ、いずれにしても二音になり、字余りになってしまうと考えたためであろう。「尾」のほうが確実に「お」と読まれる。

「秋の」は、新婚旅行の時期が九月初めだったから当然である。

下五の「松高し」に移ろう。なぜ、ここでよりによって「松」が出てきたのであろうか。天拝山へ現地調査に行ったさい、私が山頂で見たもうひとつの説明板(筑紫野市が設置したもの。Bとする)の文章(横書き)の一部を次に引用して説明しよう。

標高258mの山頂には菅公を祭る天拝神社(菅公神社)があり、その前の「おつま立ちの岩」は、菅公が立った岩として信仰を集めています。かってこの岩のそばに「天拝の松」と呼ばれる大きな松があり、はるか博多湾を往来する船乗りたちの目じるしとして親しまれていました。しかし、昭和初年の大暴風雨で倒れ、今ではもうその姿を見ることはできません。

これから、先に紹介した説明板Aの文章の最後に出てくる「神社」の名が「天拝神社」または「菅公神社」であることが判明する。次いで、道真が天を仰ぐ際、立った岩が「おつま立ちの岩」と呼ばれていることもわかる。

さらに、天拝山の頂上に「天拝の松」と呼ばれていた「大きな松」があったこともわかる。この「大きな松」は遠く「博多湾」からも見えたらしい。ところが、この「大きな松」は「大暴風雨」にあい、「倒れ」てしまう。しかし、「倒れ」たのは、「昭和初年」だから、漱石が当地を訪れた明治二十九年には、「大きな松」はまだ山頂に立っていたと考えてよい。漱石が下五で詠んだ「松」は、この「大きな松」、つまり、「天拝の松」にほかならない。

「天拝の松」が「博多湾」からも見えるくらい「大きな松」であったのなら、麓からも容易に「見上げ」ることができたであろう。漱石が下五でこの「天拝の松」を「松高し」と詠んだのももっともと思われる。

実は、頂上の「天拝の松」を撮った写真(9)がある。そこで、この写真の説明をしよう。添えられた解説の文章によると、大正十年頃、「鳥居町付近」で撮影されたものである。左端に鳥居が見える。前景が橋と二本の常夜燈。右側の常夜燈には、「自宅温泉紺屋旅館」と書いてある。左側の常夜燈には、「自宅温泉靏屋旅館」と書いてある。中景が田畑と家々(旅館)、後景が山並みと空。中央右寄りのもっとも高い山が天拝山で、山頂に木が一本、確かに立っている。これが「天拝の松」である。古い写真にもはっきりと写っている。漱石はまぎれもなく「天拝の松」を見ている。だから、「見上げたる尾の上に秋の松高し」と詠んだのである。

この写真の解説の文章（横書き）の一部も紹介しておこう。

> 山頂には「峰の一本松」と呼ばれた名物の松が見える。玄界灘を航行する船からもこの松が見えたというが、残念なことに昭和五年の大暴風雨で倒れ、現在は見ることができない。[10]

この文章では、山頂の松は「天拝の松」ではなく、「峯の一本松」と呼ばれている。この呼び名は、船乗り達が多く使っていたらしい。また、地元の人達は「緑松」とも呼んでいたようである。

次に、「峯の一本松」が見えたところが「博多湾」ではなく、「玄海灘」になっていることに注意したい。「玄海灘」は「博多湾」の外であるから、こちらのほうがより遠くから見えたということになる。

説明板Aの文章では、「天拝の松」が「大暴風雨」で「倒れ」た年は、「昭和初年」であり、あいまいだったが、この文章から年が「昭和5年」と判明する。

文章の最後に「（筆者注、松は）現在は見ることができない」とあるが、倒れたあとどうなったのだろうか。天拝山の頂上に行くと、太い根元が残っている。コンクリートで周りを囲って保存されている。根元の太さから、やはり、「大きな松」だったらしいと想像できる。倒れた松は製材され、板になっている。この板を使った扁額が天拝神社に飾られている。また、板の一部は筑紫野市のふるさと館ちくしのにも展示されている。

四

⑧の句に移ろう。

⑧温泉の町や踊ると見えてさんざめく
　　二日市温泉

前書の「二日市温泉」は、古い温泉である。『万葉集』の中の次の歌に出てくる。作者は大伴旅人。作られた年は、天平二（七三〇）年。

　帥大伴卿の、次田の温泉に宿りて、鶴が音を聞きて作る歌一首
湯の原に鳴く蘆田鶴はわがごとく妹に恋ふれや時わかず鳴く（巻六）

大宰帥の大伴旅人が、鳴き続けている鶴を引きつつ、妻を亡くした悲しみを歌ったものである。重要なのは、詞書の中の「次田の温泉」（「すいたのゆ」と読む）である。これが、現在の二日市温泉の前身である。とすると、二日市温泉は約千三百年もの歴史があるということになる。

付け加えておくと、大伴旅人の歌を刻んだ歌碑が筑紫野市湯町のニューサカイヤホテルの前に建立

されている。

さて、明治二十二年、九州鉄道が開通し、二日市停車場ができると、多くの文学関係者が二日市温泉を訪れるようになる。夏目漱石もその一人だった。すでに述べたように、漱石は明治二十九年九月初め、結婚後まもない妻鏡子と九州を汽車で旅行し、二日市温泉に寄ったのである。

ここで注意しなければならないことがある。それは当時はまだ「二日市温泉」という名称が使われていなかったことである。何という名称が使われていたのか。武蔵温泉という名称である。この武蔵温泉という名称をやめ、「二日市温泉」という名称を使うことに決まったのは、昭和二十五年のことである。

では、漱石と鏡子が訪れた頃、武蔵温泉はどういうものだったのだろうか。参考になるのが、吉田東伍の『大日本地名辞書　中国・四国・西国』である。これは明治三十三年に発行されている。漱石達の武蔵温泉訪問の四年後になる。そう隔たっていないから参照してもよいだろう。吉田東伍は「武蔵《ムサシ》温泉」という項目を立て、次のように説明している。

> 今二日市村大字武蔵に在り、即次田湯是なり、単純泉温百十四度、無色無臭にして、細流の底より湧出す、凡十四所、浴槽二十許、民家九十、皆浴戸なり、号して湯町と曰ふ、四時来客多し、福岡県唯一の温泉とす（本県には諫早郡椎原、鞍手郡吉川等に鉱泉あれど、温泉低く、浴客少し）古来盛名あり、多く詩歌にあらはる。[11]

吉田東伍の説明の中で私が重要と思うのは、項目名のルビと冒頭部である。というのは、(1)大伴旅人の歌の詞書の中の「次田の温泉」という名称が明治時代にも続いていたこと、(2)しかし、漱石が行った頃は「武蔵《ムサシ》温泉」（むさしおんせん）という名称が主流だったこと、(3)温泉名の「武蔵」は大字名であったこと、(4)「二日市」は村名であったことなどがわかるからである。

しかし、吉田東伍の記述には問題がある。(4)がそうである。「旧御笠郡内の市町村の辺遷《ママ》(12)」によると、二日市村は明治二十八年八月二十七日に、つまり、漱石達が武蔵温泉を訪れる約一年前に二日市町になっているのである。

すると、吉田東伍の「武蔵温泉」に関する記述「今二日市村大字武蔵に在り」は誤記ということになる。この誤記は吉田の調査が少し古く、明治二十八年八月二十七日の町制施行を確認していなかったために発生したものであろう。地名辞書というものは難しい。市町村名の変更はしばしば行なわれるからである。変更を見逃さず追跡し、記述を訂正し続けないと、結果的には誤記になってしまう。

ところで、漱石は子規に送った句稿では、⑧の句の上に「二日市温泉」と書いている。不思議である。なぜ、当時の名称「武蔵温泉」を書かなかったのであろうか。物証はない。以下、推測したことを述べよう。漱石は大字名「武蔵」よりも町名「二日市」のほうをよく覚えていたようである。というのは、「二日市」は九州鉄道の停車場名にもなっていたからである。つまり、漱石は町名であると同時に、自分が汽車を降りたり、汽車に乗ったりした停車場名でもある「二日市」のほうをよく覚え、「武蔵温泉」と書くべきところを間違って「二日市温泉」と書いてしまったのではあるまいか。とすると、「二日市温泉」という名称は、漱石の勘違いから生まれてきたと言ってよい。

実は、こういう勘違いは漱石にとって初めてではなかった。漱石は妻鏡子との新婚旅行においてすでに一回こういう勘違いを犯していた。ここで、①の句をとりあげてみたい。

博多公園

①初秋の千本の松動きけり

前書の「博多公園」が問題である。実は「博多公園」という名称の公園は、当時なかった（今もない）。あったのは、東公園である。東公園については、井上精三によって次のような説明がなされている。

千代村と堅粕村にまたがる東松原を公園化しようと計画されたのは明治十一年（一八七八）からであった。県では数名の世話係をもうけて整備にかかり、有志の人の協力も得て、松葉や小枝を売った代金で小亭を建て、池をほり花を植えて公園らしくして「東松原公園」といった。明治十二年には公園取締主管一名を置き、園内を監督させ、名称を東公園とした。この年、園内に県庁役人の集会所皆松館も設置された。一般に官宅と呼ばれたもので、大宴会はここでおこなわれた。(13)

漱石と鏡子が松原を訪れたのは、明治二十九年九月初めであったから、公園の名称は最初の「東松原公園」ではなく、明治十二年以後の名称である「東公園」のほうであったと言ってよい。

なお、東公園は明治二十四年に福岡市の管理になり、次いで、明治三十二年に福岡県の管理に移る。昭和五十六（一九八一）年には、福岡県庁が天神より移転され、公園の大半がその敷地になり、現在に至っている。

では、なぜ、漱石は子規に送った句稿の句の上に、当時の名称「東公園」を書かず、「博多公園」と書いたのであろうか。旅行者であった漱石は公園が地元の人達に「東公園」と呼ばれていることを知らなかったのではあるまいか。そして、古くから博多と呼ばれていたところ（福岡市になったのは、明治二十二年）にある公園だから、または、博多湾沿いの公園だからという理由で、「東」よりも「博多」を強く記憶し、自筆句稿に公園名を「博多公園」と書き込んだのではあるまいか。とすると、「博多公園」は漱石の勘違いから生じた名称ということになる。

漱石は一度犯したこういう勘違いを武蔵温泉を訪れたときも犯し、大字名である「武蔵」よりも町名であると同時に停車場名でもある「二日市」のほうを強く記憶し、自筆句稿に温泉名を「二日市温泉」と書き込んでしまったのである。旅行者ならよくやることである。

上五の「温泉の町や」の「温泉」が、漱石と鏡子が訪れた武蔵温泉を示していることは明白である。気になるのは、「町」である。漱石は「まち」でも「街」でもなく、はっきり「町」と書いている。これはどういうことであろうか。漱石は「二日市」が村ではなく、すでに「町」になっていることを知っていて、「町」を使ったのではあるまいか。とすると、上五の「温泉の町や」は、二日市町への呼びかけということになる。⑧の句には、挨拶句的側面がある。

中七の「踊ると見えて」の「踊る」を〈お座敷で芸者達が踊ること〉ととっては適切ではない。というのは、「踊る」は俳句の世界では、秋の季語で盆踊りをすることだからである。漱石は友人子規の影響をうけ、俳句を作った。その俳句は有季定型の句であった。「踊る」といえば、盆踊りをすることと熟知していた筈である。もし、「踊る」を〈お座敷で芸者達が踊ること〉ととると、芸者達は一年中お座敷で踊るから、⑧の句は無季の句になってしまう。有季定型の句を作ることを心がけていた漱石が無季の句を作ることは考えられない。そして、漱石と鏡子が武蔵温泉を訪ねたのは、九月初めであったから、季節は秋であり、秋の季語の「盆踊り」が出てきても不思議ではない。中七の下半分の「見えて」は〈ようで〉という意味。すると「踊ると見えて」は〈人々がお座敷ではなく外で盆踊りをやっているようで〉となる。

漱石は盆踊りを実際に見ているわけではない。推測している。漱石がそう推測したのは、下五に出ているようにあたりが「さんざめく」からである。「さんざめく」とは、『広辞苑第四版』によれば、「大勢でにぎやかに声を立てて騒ぐ」という意味である。漱石は町を歩きながら、人々の声や太鼓の音などを聞いている。

以上をまとめると、⑧の句は、漱石達が武蔵温泉の道を歩いていると、大勢の人々がにぎやかに騒いでいる声や楽器の音が聞こえてきたので、盆踊りをやっているようだと推測したという意味になる。

ここで、自筆句稿の⑧の句の下五をよく見てもらいたい。『漱石全集第十七巻』の⑧の句の下五の「さんざめく」が「ざんざめく」になっている。最初の『漱石全集』の『漱石全集第十巻』（大7・11、岩波書店）を見ると、すでに下五は「さんざめく」になっている。以後の『漱石全集』でも「さんざめく」という表記の仕方が踏襲されて、現在に至っている。最初の『漱石全集』に⑧の句を入れるとき、編者が句稿の「ざんざめく」を「さんざめく」に変えた理由はわからない。しかし、「さんざめく」で「ざんざめく」でも句意にそう違いはない。『広辞苑第四版』の「さんざめく」の項には「サザメクの撥音化。ザザメクとも」とあるからである。「サザメク」→「さんざめく」であれば、「ザザメク」→「ざんざめく」も成り立つ。

なお、漱石の⑧の句「温泉の町や踊ると見えてさんざめく」を刻んだ句碑が筑紫野市蔵の市福祉センター御前湯前に建立されている。ただし、上五が「温泉のまちや」になっている。つまり、原句の漢字の「町」がひらがなの「まち」に変更されている。私はこれはどうかと思う。「まち」だと、「街」も可能になる。しかし、漱石はすでに述べたように二日市がすでに村ではなく、町なので「町」にしたのである。よって、「まち」ではなく、原句通りに「町」にしたほうが適切だったと思う。

さて、鏡子は新婚旅行の感想を次のように述べている。

> 今ではそんなこともありますまいが、其頃の九州の宿屋温泉宿の汚さ、夜具の襟なども垢だらけで、浴槽はぬる〳〵すべつて、気持の悪いつたらありません。ひどく不愉快なので、私は懲り懲りしまして、それ以来九州旅行は誘はれても行く気になりませんでした。(14)

鏡子が当時の「九州の宿屋温泉宿」にあまり好感を持たなかったことが窺える。鏡子の感想は、二日市温泉を擁する筑紫野市にとって不利かもしれない。ただし、鏡子は「二日市温泉」という固有名詞は出していない。それに、鏡子の感想は昔（明治二十九年）のものである。鏡子自身ものちに「今ではそんなこともありますまいが」と断っている。二十一世紀を迎えた現在では、二日市温泉は快適な温泉になっている。

まとめに入ろう。新婚旅行で武蔵温泉を訪れた漱石は、④の「天拝山」という前書をもつ句と⑧の「二日市温泉」という前書をもつ句を作った。この二句はのち、『漱石全集』に収録されたから、漱石は「天拝山」という地名と「二日市温泉」という名称を広く世に知らしめたことになる。特に「二日市温泉」についてはそう言える。漱石はそれまで「武蔵温泉」と呼ばれていた温泉を勘違いから句稿に「二日市温泉」と記した。しかし、漱石のこの勘違いはかえって良い結果をもたらした。というのは、漱石の勘違いがあったからこそ、「二日市温泉」という名称が早くから全国に知れわたり、現在も使われているからである。漱石を「二日市温泉」という名称の生みの親と言っても過言ではない。とすれば、漱石は二日市温泉を擁する筑紫野市に多大な貢献をした人物ということになる。

五

注

（1）夏目鏡子述・松岡譲筆録『漱石の思ひ出』（昭4・10、岩波書店、三二頁）
（2）荒正人著・小田切秀雄監修『増補改訂漱石研究年表』（昭59・6、集英社）
（3）注（1）と同書（同頁）
（4）注（1）と同書（同頁）
（5）注（2）と同書（一八八頁）
（6）「注解」（『漱石全集第十七巻』、平8・1、岩波書店、一六二頁、「注解」の執筆者は坪内稔典。以下同じ）

(7) 注(1)と同書(同頁)
(8) 注(6)と同書(同頁)
(9) 石瀧豊美監修『目で見る筑紫・太宰府の一〇〇年』('01・12、郷土出版社、二八頁)
(10) 注(9)と同書(同頁)
(11) 吉田東伍『大日本地名辞書　中国・四国・西国』(明33・3、冨山房、一四九三頁)
(12) 『郷土一〇〇年展』(平14・3、ふるさと館ちくしの、一〇二頁)
(13) 井上精三『博多郷土史事典』(昭62・11、葦書房、二三四頁)
(14) 注(1)と同書(同頁)

付記　本稿を執筆するにあたって、筑紫野市のふるさと館ちくしのの山村淳彦氏に大変お世話になった。厚く御礼申しあげる。

III 漱石の新婚旅行の俳句について（その2）

―「太宰府天神」の俳句を中心に―

はじめに

前稿(1)にあげた漱石の新婚旅行の句十句の中には、太宰府市の句もある。三句ある。⑤⑥⑦の句がそうである。本稿では、これら三句の中から「太宰府天神」の前書がある⑤の句をとりあげ、論じてみたい。前稿で紹介した漱石直筆句稿によれば、⑥⑦の句には印は何もつけられていない。しかし、⑤の句には二重丸（◎）がつけられていて、子規が高く評価していることが窺えるからである。

一

太宰府天神

⑤反橋の小さく見ゆる芙蓉哉（「承露盤」）

前書から説明していこう。実は、漱石が前書に用いた「太宰府天神」という呼称はなかった。正しい呼称で言えば、太宰府天満宮である。祭神は改めて言うまでもなく、菅原道真。道真は延喜元（九〇一）年、藤原時平によって太宰府に左遷され、京都に戻れぬまま、同三（九〇三）年、死去した。五十九歳だった。

ここで太宰府天満宮の由緒を述べているパンフレットの一部を紹介しよう。

延喜三年（九〇三）二月二十五日、公（筆者注、道真）が謫居の榎寺で薨じられると御遺骸を安楽寺の境内即ち今の本殿の所に葬り聖廟と称え、同五年門弟味酒安行は神殿を創建し、継いで左大臣藤原仲平勅命を奉じて太宰府に下り奉行して同十九年に至り御社殿の造営が竣工したのであります(2)（ルビは省略）。

これが太宰府天満宮の最初の頃の様子である。しかし、太宰府天満宮は明治五年、太宰府神社と改称されている。だから、漱石が訪れた明治二十九年は太宰府神社であった。太宰府天満宮に再改称されるのは、昭和二十二年のことである。

とすると、漱石は前書に太宰府天満宮も太宰府神社も使わず、実際にはなかった呼称「太宰府天神」を使ったことになる。どうしてこういうことになったのであろうか。道真は死後、神格化され、朝廷から天満大自在天神という神号を与えられた。日本の各地に道真を祭る神社が建てられ、それらは地名の下に「天神」をつけ、「〇〇天神」と呼ばれた。太宰府を訪れた漱石は、太宰府にある天神様ということから、「太宰府天神」と思い込み、つまり、勘違いをして前書に「太宰府天神」と書いたものと思われる。実は、こういう勘違いを漱石は今回の新婚旅行でほかにもやっている。前稿でも指摘したように、①の句の「博多公園」は、正式名称は「東公園」であったし、②の句の「二日市温泉」は、正式名称は「武蔵温泉」であった。とすると、漱石は三度も勘違いをしたことになる。なんともそそっかしいことではある。しかし、地元のことに疎い旅行者ならありうる。漱石を責めることはできない。

次に、太宰府神社について述べておきたい。太宰府神社は明治十五年、官幣小社になり、次いで同二十八年、官幣中社に昇格している。漱石が太宰府を訪れたのは、明治二十九年だったから一年前に社格が上がったことになる。

参道を歩いて行き、一の鳥居、二の鳥居とくぐり、さらに三の鳥居をくぐると、私達は境内に入る。この三の鳥居の右側の柱には「明治二十八年」と、左側の柱には「十二月吉晨建立」と刻まれている。とすると、三の鳥居は太宰府神社が官幣中社になったことを記念して前の木造の鳥居を取り壊し、新しく石で建てたものと考えられる。社格が上がったり、新しい鳥居が建てられたりして参拝者はぐんぐん増えていった。これらの増えていった参拝者の中に新婚旅行中の漱石と鏡子も入っていたのである。

二

上五の「反橋」とは、どういう橋であろうか。『漱石全集第十七巻』（前出）には「中央の高く反った橋」という「注解」がつけられている。確かにそうである。しかし、これだけでは太宰府天満宮の反橋を十分に説明したことにはならない。付け加えておくことがいくつかある。

まず、現在の反橋がどういうものか述べておこう。三の鳥居をくぐると、参道は延寿王院（現在は太宰府天満宮宮司西高辻家の屋敷）の前で左折し、四の鳥居に出会う。そう大きくない。四の鳥居をくぐると、私達は池にかかった反橋を渡ることになる。確かに、「中央の高く反った橋」である。次いで二つ目の橋がある。平らな橋である。これを渡るとまた反橋がある。太宰府天満宮には平らな橋を挟んで、反橋が二つあることになる。第二の反橋の大きさや作り方は第一のそれとほぼ同じである。以上をまとめると、太宰府天満宮の三つの橋は、一の橋（反橋）→二の橋（平らな橋）→三の橋（反橋）ということになる。三つの橋の共通点もあげておこう。橋の欄干の色は全て朱色である。この朱色は鮮やかで目立つ。

なお、付け加えおくと、二の橋と三の橋間の右側に小さい社がある。志賀社という。綿津見三神を祭っている。室町時代に建てられたもので、重要文化財に指定されている。

一の橋のそばにガラス製の説明板が立っている。文章を紹介しよう。

心字池と太鼓橋

この神池は「心」という字をかたどったものであり、太鼓橋と直橋の三つの神橋は、仏教思想にいう過去・現在・未来の三世一念の相を現したものである。この池を渡ることによって「三世の邪念を祓う」ともいわれ、参拝者の身を清める神橋でもある（原文は横書き。ルビは省略）。

これから、(1)池が「心字池」であること、(2)「反橋」が「太鼓橋」とも呼ばれること、(3)平らな橋が「直橋」と呼ばれること、(4)三つの橋が「仏教思想」を現すことなどがわかる。

では、昔の反橋の様子はどうだったのであろうか。太宰府天満宮には様々な資料が保存されている。中には境内の様子を表した指図や絵図もある。これらは『天神絵巻　太宰府天満宮の至宝』(平8・1)に掲載されており、参考になる。以下、反橋に重点をおいて紹介していきたい。

第一は、図版8の「天満宮境内指図」[3](単色、重要文化財、室町時代)。これは「天満宮の境内の様子を知る最古の境内図」である。絵図ではなく、文字のみのもの。「石鳥居」の上の「御池」に「橋　橋　橋」と書かれている。早くも「橋」が三つ続けて書かれていることに注目したい。もっとも、書かれているのは、「橋」という文字だけなので、三つの橋の形態は不明である。

第二は、図版9の「天満宮境内絵図」[4](単色、泊與一筆、江戸時代)。これは「応永(室町)の古図として伝えられてきた境内絵図」で、先にあげた文字のみの図版8をもとにして復元したものである。三つの橋は反橋→平らな橋→反橋という形態、順序になっている。なお、この図版9は本書の別のところにも出ている。[5]こちらでは原色図版として掲載されているので、色彩もわかる。三つの橋の欄干の色は朱である。この段階で、現在の三つの橋の形態、順序、色彩と全く同じになっていることがわかる。

第三は、図版11の「天満宮境内絵図」[6](単色、吉嗣楳僊筆、江戸時代)。これは「慶応3年(1867)、神仏分離直前の太宰府天満宮の様子を描いたもの」である。「江戸時代」といっても、「慶応3年」という年は、漱石が生まれた年である。とすると、この絵図は漱石が誕生し、成長していった時期の太宰府天満宮の境内の様子を表していると言ってよいだろう。

境内の絵図はいろいろ発行されていたらしく、他の本にも出てくる。その一つを紹介しておこう。この「天満宮境内絵図」(7)（単色）は明治二十八年のものである。明治二十八年といえば、太宰府神社が官幣中社になった年、一年後に漱石が太宰府を訪れた年であるから、貴重な絵図になる。参道には一の鳥居から池の前の四の鳥居まできちんと描かれている。漱石は第一の反橋に達する前にこれら四つの鳥居を全てくぐった筈である。三つの橋の形態、順序はこれまでと同じ。欄干の色は単色なので不明だが、やはり朱の筈。

こう見てくると、太宰府天満宮の境内の三つの橋は、形態や順序、色彩が室町時代→江戸時代→明治時代と同じまま続き、平成の現在に至っていることになる。漱石が⑤の句で詠んだ「反橋」の様子は、私が先に説明した現在の反橋の様子とほぼ同じと考えてさしつかえあるまい。

三

中七の「小さく見ゆる」に移ろう。漱石はどうして「反橋」が「小さく見ゆる」と詠んだのであろうか。現在、私達が参道を歩き、三の鳥居の近くに来ると、左手斜めの方向に欄干が朱色の反橋が見える。太宰府天満宮は最後の鳥居をくぐって境内に入る前に、境内の中にある反橋が見えるように作られている。

私達が境内の中の少し遠くにある反橋をいち早く発見できるのには、理由が三つある。第一はその形態である。反橋は「中央の高く反った橋」だから、遠くからでも見やすい。第二はその数である。

反橋は一つではなく、二つもある。一つより二つのほうが遠くからでも見やすい。第三はその色彩である。反橋の欄干の朱色は鮮やかで目立つ。目立つということは遠くからでも見やすいということである。

こういうわけで、反橋は離れたところからでも見えるのである。もっとも、遠くから見るのだから、眼前で見るときのように大きくは見えない。「小さく」見える。これは反橋の様子が同じであるかぎり、漱石が訪れたときも同じだった筈である。

いや、漱石が訪れた明治二十九年のほうが、現在よりももっと早く、もっと遠くから反橋は見えていたであろう。理由を述べよう。現在は太宰府線太宰府駅前から三の鳥居の近くまで参道に沿ってびっしりと店が並び、私達には反橋は全く見えない。しかし、漱石が訪れたときは、店は現在のように沢山はなかったであろうから、参道を歩いていた漱石には現在よりももっと早く、もっと遠くから、反橋が見えていた可能性がある。反橋が遠くに見えれば、「小さく」見えるということになる。かくて、⑤の句の中七は、「小さく見ゆる」と表現されたのである。

漱石が旅行先で詠んだ句を理解しようとする場合、句だけ見ていては理解できないことが多い。現地に行って漱石が立っていたと思われる場所に実際に立ってみる必要がある。私は最初、⑤の句の「反橋」がなぜ「小さく見ゆる」のかよくわからなかった。しかし、太宰府天満宮へ行き、あちこちから反橋を見ているうちに、漱石が「反橋」を遠くから見、眺めていたが故に「小さく見ゆる」と詠んだと思うようになった次第である。

四

下五の「芙蓉」に移ろう。この「芙蓉」を蓮ととる考えがある。ある論者は⑤の句について説明し、次のように述べている。「神苑には池があり、反り橋・平橋・反り橋の三つの橋がかかって大きな芙蓉（蓮）がたくさん咲き、鯉が泳いでいる[8]」。この中の「芙蓉（蓮）」という箇所は、この論者が句中の「芙蓉」を「蓮」ととっているとみなしてよいだろう。しかし、こういう考えでよいであろうか。確かに古語辞典で「芙蓉」を引くと、「蓮（はす）の異名」とか「蓮の花の異名[9]」とか出ている。だが、⑤の句の「芙蓉」を蓮ととるのは無理である。次にその理由をあげよう。

第一。蓮ととると、夏の季語となる。しかし、前稿にあげた、新婚旅行の句十句のうち、他の九句は、①「初秋」、②「露」、③「秋立つ」、④「秋の松」、⑥「秋の風」、⑦「鴫立つ」、⑧「踊る」、⑨「夜長」、⑩「ひや〱」というように、全て秋の季語である。どうして⑤の句だけ季語が夏のものになるのだろうか。

第二。漱石と鏡子が旅行し、太宰府天満宮へ行ったのは、九月初めのことであった。実際の季節も秋である。

第三。九月初めなら、既に蓮の花は咲き終わっている。「大きな芙蓉（蓮）がたくさん咲き」という状況にはなっていなかったであろう。

「芙蓉」を蓮ととる考えは、反橋がかかっている池にあまりにもとらわれすぎたために生じた間違いと思われる。

⑤の句の「芙蓉」はそのまま「まとる」のがよい。ある歳時記の「木芙蓉（初秋）」の項に次のような「解説」が出ている。

落葉潅木で、花を賞でるために庭木とする。二メートルほどの高さまで伸び、数多岐れた枝の、浅く三〜五裂した葉のあいだに、美しい淡紅色の花をひらく。八月の終わり頃、露のしげく下りた朝に、この花が数輪咲いたのを見ると眼がさめるようだ。而も朝咲いた花は必ず夕にしぼみ、翌朝また新しいのが咲く。五瓣花で、色彩は淡紅色のほかに濃紅色も白色もあり、やや寂しい感じではあるが、白色のものが気品最も高い（中略）。俳句では「木芙蓉」という名を使わず、和名の「芙蓉」を使う。(10)

引用文中に、芙蓉の花の咲く時期として、「八月の終わり頃」があげられていることに注目したい。とすれば、漱石が訪れた九月の初めには芙蓉は十分に咲いていたと考えてよい。

右の「解説」のあとに「芙蓉」を用いた例句が三十一句あがっている。その中から印象深い句を四句紹介しよう。

枝ぶりの日ごとにかはる芙蓉かな　芭蕉
月の出を芙蓉の花に知る夜かな　鳴雪
母とあればわれも娘や紅芙蓉　かな女
白芙蓉ふたたび交す厚き文　節子

注目すべきは、三十一句の中に⑤の句が入っていることである。前書の「太宰府天神」もきちんと添えられている。良いことである。

実は、「芙蓉」の例句として⑤の句をあげている歳時記は他にもある。[11] この歳時記では、前書はつけられていない。しかし、漱石は「太宰府天神」という前書をつけて⑤の句を発表したのだから、前書は省略しない方がよいと思う。

それはさておき、⑤の句が歳時記の「芙蓉」の例句として、管見に入ったかぎりでも二つの歳時記に掲載されているということは、⑤の句がこれらの歳時記の編者に佳句と評価されたことを意味する。子規が秀逸を表す二重丸（◎）をつけたり、「承露盤」に入れたりしただけのことはある。

では、下五の「芙蓉」はどこに咲いていたのだろうか。参道の近くに咲いていたのではあるまいか。参道を歩いていた漱石は近くに咲いている「芙蓉」越しに、または、「芙蓉」の間から遠くの「反橋」を見ていたように思われる。絵画で言えば、「芙蓉」が近景、「反橋」が遠景という構図の絵画になる。

では、このとき咲いていた「芙蓉」の花の色は何だったろうか。先に引用した歳時記の「解説」の文章から、「芙蓉」の花の色は三種類あることがわかる。「淡紅色」と「濃紅色」と「白色」である。前の二つは「紅」とくくれるから、「紅」と「白」の二種類となる。「紅」だったのだろうか。「白」だったのだろうか。

「紅」なら、遠くに見える「反橋」の欄干の朱と結びつきが出てくる。というのは、「紅」も朱も赤系統の色だからである。近くの「芙蓉」の花の赤の向こうに「反橋」の欄干の赤。これは赤のイメージの重層化であり、いかにも豪華絢爛である。

もし、「芙蓉」の花の色が「白」なら、これはこれでよい。この場合、近景の「芙蓉」の花の「白」と遠景の「反橋」の欄干の朱（≠赤≠紅）とで紅白の組み合わせになる。日本では、紅白の組み合わせはおめでたい儀式や行事、催し物などが行われるときに用いられる。たとえば、紅白の幕、紅白の餅などがそうである。今回の漱石と鏡子の旅行は、挙式後、日数は経っていたものの、実質的には新婚旅行であった。紅白の組み合わせは漱石と鏡子の結婚を祝福する色として最適だったと言ってよい。二人で仲良く参拝した太宰府天満宮で紅白の組み合わせに出会えたことは二人にとってまさに幸せなことであった。こう考えてくると、私には漱石が見た「芙蓉」の花の色は「紅」よりもむしろ「白」の方がよいように思えてくる。前に紹介した歳時記の「解説」の中にも「白色のものが気品最も高い」とあり、賞賛されている。

五

最後に、指摘しておきたいことが一つある。それは、太宰府天満宮を訪れた漱石が「反橋」以外のものを一切、句にしていないということである。境内には大きな楼門も、立派な本殿も、有名な飛び梅も、太い大樟（現在、天然記念物）もある。しかし、漱石はこれらのいずれも句にしなかった。まことに不思議なことである。なぜだろうか。漱石にとって、「反橋」こそが、太宰府天満宮で見たものの中でもっとも印象深いものだったからにほかならない。こうして、漱石は「反橋」だけを句にしたのである。これは、漱石が「反橋」に太宰府天満宮を代表させるという大きな役割を与えたことを意味する。「小さく見」えた「反橋」は、漱石にとってかくも大きな存在であった。

注

(1) 本書第一部II参照。
(2)「太宰府天満宮ごあんない」(太宰府天満宮発行、発行年月日の記載なし)
(3) 太宰府天満宮文化研究所編『天神絵巻　太宰府天満宮の至宝』(平8・1、太宰府天満宮、四六頁)
(4) 注(3)と同書(同頁)
(5) 注(3)と同書(三四頁)
(6) 注(3)と同書(四七頁)
(7)『太宰府復元』(平10・10、九州歴史資料館、四五頁)
(8) 原武哲『夏目漱石と菅虎雄―布衣禅情を楽しむ心友―』(昭58・12、教育出版センター、一四三頁)
(9) 前者は中村幸彦他編『角川古語大辞典』(平11・3、角川書店、「ふよう〔芙蓉〕」の項)、後者は中田祝夫他編『古語大辞典』(昭58・12、小学館、「ふよう〔芙蓉〕」の項)
(10) 富安風生他編『俳句歳時記』(昭43・11、平凡社、「木芙蓉《ふよう》」の項)
(11)『図説俳句大歳時記　秋』(昭61・6、角川書店、「芙蓉」の項)

付記 西鉄太宰府線太宰府駅前に石造の大きな灯明台がある。菅原道真、大伴坂上郎女、仙涯の和歌とともに漱石の⑤の句が「反橋の小さく見ゆる芙蓉かな」(原句は「哉」)という表記で刻まれている。

Ⅳ　漱石の新婚旅行の俳句について（その3）―福岡市の俳句を中心に―

はじめに

前々稿[1]にあげた漱石の新婚旅行の句十句の中には、福岡市内の句もある。三句ある。①②③の句がそうである。前々稿で紹介した漱石直筆句稿によれば、これら三句には全て子規によって丸印がつけられている。①の句には、一重丸（○）がつけられている。②③の二句には、二重丸（◎）がつけられている。そして、二句とも「承露盤」にも入っている。とすると、福岡市内の句三句は、子規の評価が高い句、いわば粒揃いの句と言ってよい。そこで、本稿では主に①②③の句をとりあげ、論じてみたい。なお、一部、前々稿と重複する箇所があることをあらかじめお断りしておく。

一

①の句から始めよう。

博多公園
①初秋の千本の松動きけり

前書に「博多公園」とある。汽車で熊本を発った漱石と鏡子は、今回の新婚旅行を「博多」、つまり、福岡市から始めている。これは、二人が福岡市内に住んでいた鏡子の叔父中根与吉を訪ねたからである。中根与吉は漱石と鏡子の結婚式には出席していない。二人は結婚式の報告に中根与吉を訪ねたのであろう。

前書の「博多公園」に戻ろう。この前書には問題がある。前々稿でとりあげ、書いてはいるが、重要なので、もう一度述べておきたい。

実は、「博多公園」という名称の公園は、当時なかった（今もない）。あったのは、東公園である（今もある）。この東公園については、井上精三によって次のような説明がなされている。

千代村と堅粕村にまたがる東松原を公園化しようと計画されたのは明治十一年（一八七八）からであった。県では数名の世話係を設けて整備にかかり、有志の人の協力も得て、松葉や小枝を売った代金で小亭を建て、池をほり花を植えて公園らしくして「東松原公園」といった。明治十二年には公園取締主管一名を置き園内を監督させ、名称を東公園とした。この年、園内に県庁役人の集会所皆松館も設置された。一般に官宅と呼ばれたもので、大宴会はここでおこなわれた。(2)

漱石と鏡子が公園を訪れたのは、明治二十九年九月初めであった。従って、当時の公園の名称は、最初の「東松原公園」ではなく、「明治十二年」以後の名称である「東公園」のほうであったと言ってよい。

では、なぜ、漱石は子規に送った句稿に、当時の名称を用いて「東公園」と書かず、「博多公園」と書いたのであろうか。旅行者であった漱石は、公園が地元の人達に「東公園」と呼ばれていることを知らなかったのではあるまいか。そして、古くから「博多」と呼ばれているところ(福岡市になったのは、明治二十二年)にある公園だからという理由で、または、博多湾沿いの公園だからという理由で「東」よりも「博多」を強く意識し、句稿に公園名を「博多公園」と書き込んでしまったのではあるまいか。とすると、前書の「博多公園」は、漱石の勘違いから生じた名称ということになる。

実は、漱石はこういう勘違いを今回の新婚旅行でもう一度やっている。⑧の句の前書「二日市温泉」がそれである。「二日市温泉」は元元、「武蔵《むさし》温泉」と呼ばれていた。しかし、旅行者の漱石は字名である「武蔵」よりも町名であると同時に駅名でもある「二日市」を強く意識し、句稿に温泉名を「武蔵温泉」ではなく、「二日市温泉」と書き込んでしまった。この件については、やはり、前々稿に詳しく書いたので、これ以上は述べない。

上五の「初秋や」から、句の時期がわかる。季節は秋である。秋とは、立秋(八月八日)から立冬

（十一月八日）の前日までをさす。それから、秋は三つに分かれる。初秋、仲秋、晩秋である。このうち、初秋は、立秋（つまり、八月八日）から処暑（八月二十三日）までである。だから、初秋とは、八月をさすことになる。漱石と鏡子の新婚旅行は九月初めであったから、厳密に言うと、「初秋」ではないことになる。しかし、ここまで厳格に考える必要はあるまい。

ある歳時記の「秋」の項には次のような説明が出ている。「立秋（多く八月八日）から立冬（多く十一月八日）の前日までが秋になる。陽暦で八月、九月、十月に当たるが、気象的には九、十、十一月とする」。[3] 傍点部から、九月の初めを初秋と見てもおかしくはないことになる。とすると、新妻鏡子とともに、「博多公園」、つまり、東公園を訪れた漱石が、季語として「初秋」を使い、上五を「初秋や」にしたのは、悪いことではなかったことになる。いや、「悪いことではなかった」と言うよりも、「適切だった」と言ったほうが良い。

その理由を述べよう。「初秋」とは、うだるように暑かった夏が終わり、涼しく、さわやかな秋に入っていく変わり目の時期をさしている。一方、漱石と鏡子も独身生活を終え、気持を改め、新しい生活に入っていこうとしている。つまり、ここでは、自然の季節の移り変わりと人間の境遇の変わりようが合致している。こう見てくると、「初秋」という季語の意味や語感は、漱石・鏡子という新婚夫婦の生活とかなり通底してくることになる。だからこそ、漱石が上五に「初秋」という季語を使ったことを、私は「適切だった」と述べたのである。

中七の「千本の松」に移ろう。なぜ、ここで「松」が出てくるのであろうか。あるガイドブックに「現在、東公園内に福岡県庁が建っているが、この一帯はかつては千代の松原で知られていた所である(4)」と出ている。これから、前者の「博多公園」、つまり、東公園がかつては「千代の松原」という有名な松原だったことがわかる。「松原」の上についている「千代」は、どこからきているのだろうか。地名の「千代村」からきている。「千代村」という名称が、「東公園」について説明した井上精三の文章（前出）の中の一行目に既に出ていたことを想起してもらいたい。

では、千代の松原とは、どういうところだったのであろうか。同じく、井上精三が書いた説明文を読むと、いろいろなことがわかってくる。箇条書にして示そう。

(1)「箱崎松原」のことで、「十里松」とも言われていたこと。
(2)大江匡房が「箱崎記」に「坤艮は三十余町、乾巽七、八町ばかり、他木なし、青松のみ」と書いていること。
(3)元禄のころは、「石堂の橋きわから箱崎八幡の西の境まで東西十五町十間」あったこと。
(4)松は「箱崎宮の神木」とされ、「伐ることは禁じられていた」こと。
(5)「著名だった千代の松原も都市の発展とともにその姿を消し」、今は「その名を残すのみである」こと(5)。

漱石と鏡子が訪れた頃の千代の松原の様子はどうだったのだろうか。明治三十六年、千代の松原に設立された福岡医科大学（現、九州大学医学部）の正面を撮影した写真(6)がある。撮影年は明治四十二年である。漱石達が千代の松原を訪れたのは、明治二十九年だったから、十三年後に撮影されたことになる。十三年後なら、そう年数は経ってはいないから、参考にしてもよいだろう。この写真には、福岡医科大学の正面だけではなく、背後の松の木も写っている。その高さは、二本写っている電柱よりはるかに高い。本数も多い。林のようにも見える。

この写真につけられた説明文も紹介しておこう。

> 正面前の道路は旧唐津街道。敷地は旧千代の松原にあたり、多くの松が残っているようすがわかる。医学部構内には今も、千利休が茶会を開いた「利休釜掛け松」の遺跡が残り、千代の松原の歴史をとどめている。(7)

明治二十九年九月、鏡子とともに「博多公園」(=東公園=千代の松原)を訪れた漱石は、写真に写っているような高い松の木を、そして林のようになっている何本もの松の木を見た筈である。だからこそ、中七で「千本の松」と詠んだのである。

ここで、「松」につけられた数字「千本」について述べておきたい。句作の場合、数字の使い方は難しい。しかし、この「千本」は適切な数字と思われる。理由を述べよう。百本では少なすぎる。たった百本では松原ではない。かといって、万本では変である。松が多いことはわかっても、語呂が悪い。結局、中七で使う数字としては「千本」がもっとも良い数字ということになる。「千本」でも数が多いことは十分表せるし、語呂も良い。「千載一遇」、「一騎当千」、「千慮一矢」などの四字熟語もある。「千」はもともとよく使われる数字なのである。漱石は、中七でうまい数字の使い方をしたと言ってよい。

下五の「動きけり」とは、どういうことだろうか。千代の松原があった場所は博多湾に沿っている。海から陸へ風が吹く。あるいは、陸から海へ風が吹く。穏やかな風ばかりではない。時には強めの風も吹く。こういう強めの風によって、「松」の枝が揺れ「動く」ことを表しているものと思われる。

それも一本、二本の「松」ではなく、何本もの「松」の枝が一斉に揺れ「動」くのだから、興味深い光景である。

漱石と鏡子はどんな気持ちで「松」の枝が揺れ「動」くのを見ていたのであろうか。ここで生きてくるのが、上五の季語「初秋」である。「初秋」とは、前にも書いたように、暑い夏が終わり、涼しい「秋」へ移っていく時期をさしている。吹く風は涼しく、気持よいものである。漱石と鏡子はこういうさわやかな「秋」の風に吹かれながら、千代の松原の「松」の下を並んで歩いて行ったものと思われる。この時、漱石と鏡子はお互いに快い気分に包まれていたことであろう。こういう気分こそ、新婚の気分というものではあるまいか。こう考えてくると、①の句は表面的には千代の松原の「松」の「動き」だけを詠んでいる句のように見えるが、けしてそれだけではなく、結婚してまもない漱石と鏡子の気持ちを中に秘めている句とも言えるのである。

私達は今迄、漱石が新妻鏡子とした明治二十九年九月初めの旅行が事実上の新婚旅行であったということを軽視、または無視して、漱石の句を読んできたような気がする。しかし、①の句を新婚旅行の句と意識して読むと、右のように読めてくる。その結果、①の句はなかなかの佳句ということになる。子規が①の句に一重丸（〇）をつけたのもおかしくはない。

二

②の句に移ろう。

箱崎八幡

②鹹はゆき露にぬれたる鳥居哉（「承露盤」）

前書の「箱崎八幡」について触れておこう。「箱崎八幡」は筥崎八幡宮のこと。宇佐八幡宮、石清水八幡宮とともに日本三大八幡宮になっている。祭神は応神天皇、神功皇后、玉依姫命の三柱。創立は平安初期の延長元（九二三）年。しかし、数度、火災にあい、現在の本殿と拝殿は、天文十五（一五四六）年、太宰大弐大内義隆によって建立されている。楼門は文禄三（一五九四）年、小早川隆景によって建立されている。高く、大きく、豪壮な建物である。この楼門の正面上部に「敵国降伏」の扁額が掲げられている。それで、この楼門は一名「伏敵門」とも呼ばれている。旧官幣大社である。

この句で重要であるのは、下五の「鳥居哉」の「鳥居」である。なぜ、漱石は神社には必ずある「鳥居」をわざわざ句に詠んだのであろうか。調べてみると、理由があることがわかる。

この「鳥居」は、本殿より数えて一番目にある一の鳥居のことである。慶長十四（一六〇九）年、筑前福岡藩主黒田長政によって建立されている。一の鳥居の「特色」については次のような説明がなされている。

筥崎宮に参拝する多くの人々は、まずこの特色ある鳥居に驚かされる。この鳥居は、一の鳥居と称せられ、本宮内苑の入口に在り、全体が同質同材の石造であり、その柱は三段に仕切られて太く、下肥りになって、台石に接続している。笠木鳥木は一本の石材で作られ、その先端は反りあがり、貫との長さが同じで、よく均衡がとれている。その全容姿はずっしりとした重量感があり、他に類を見ない異色あるものとして、世にこれを筥崎鳥居とも言われている。(8)

漱石が鏡子とともに見た「鳥居」は、「筥崎鳥居」と称されるほど「異色」な「鳥居」であった。現在、国の重要文化財に指定されている。この「鳥居」を見た漱石は、その「異色」ぶりを知り、句に詠んだのである。

大正十年頃に撮影された一の鳥居の写真(9)がある。漱石と鏡子が行った明治二十九年より約二十六年後になるが、少しは参考になると思うので、とりあげたい。鳥居の下や奥の参道に参拝客が写っている。大人が二人（男性と女性）いる。男性は帽子をかぶっている。女性は傘（日傘か）をさし、女の子を連れている。他に男の子が数人写っている。鳥居の左右に、人力車が一台ずつ、計二台、駐車している。右側の人力車には車夫が腰を下ろしている。客を待っているのだろう。この写真から、明治期、大正期の筥崎宮には参拝客が多かったことが窺える。こういう数多い参拝客の中に、結婚してまもない漱石と鏡子が混じっていたのである。

人力車が二台写っていたことから推測すれば、旅行者の漱石と鏡子も人力車を使って参拝したものと思われる。漱石は健脚である。明治三十二年一月には、五高の同僚奥太一郎とともに徒歩で宇佐八幡宮、羅漢寺、耶馬渓、日田などを旅している。今回の旅行も一人なら、または二人であっても連れが男性なら、参拝は徒歩だったかもしれない。しかし、連れが女性であれば、そして、新妻であれば、歩かせるわけにはいくまい。漱石と鏡子は参拝に人力車を使ったと考えてもよさそうである。

句に戻ることにしたい。上五の「鹹はゆき」は、『漱石全集第十七巻』の「注解」に出ているように、「しおはゆき」と読み、「塩辛い」という意味である。もっとも、ある国語辞典[10]で「しおはゆし」を引くと、「鹹し」と出ている（意味は「しおからい、塩分が多い、しょっぱい」）。送りがなのつけ方が違う。参照した国語辞典の「鹹し」を使って書けば、「鹹き」となる筈だが、漱石は「鹹はゆき」と書いている。漱石のほうが送りがなのつけ方が丁寧である。

中七の「露にぬれたる」の「露」がこの句の季語。この季語から句の季節がやはり秋であることがわかる。

上五の「鹹はゆき」と中七の「露」を続ければ、「鹹はゆき露」となる。これは「塩辛い露」という意味である。「露」が「塩辛い」と詠んだ句は、珍しい。②の句の「鹹はゆき露」という表現は、ユニークな表現と言ってもさしつかえあるまい。こういう表現は多くの俳句を閲してきた子規にとっても初めての表現だったであろう。こうして、②の句は子規の目を強く惹くことになったのである。

では、「塩辛い露」というものは、本当にあり得るのだろうか。あり得る。というのは、千代の松原が海に近かったように、「箱崎八幡」も海に近いからである。近ければ、海から「箱崎八幡」へ吹く風には、塩分が含まれている。そういう空気の中でできた「露」にも当然、塩分が混じっている筈である。とすれば、「塩辛い露」は十分にあり得るではないか。

では、漱石は「露」に自分の指でさわり、その指を実際になめ、「鹹はゆき露」と判断したのであろうか。よくはわからない。しかし、漱石はそういうことはしなかったように思われる。「鹹はゆき露」は「露」を見たときの漱石の想像だったような気がする。しかし、この想像にもとづく表現がユニークだったからこそ、子規の目を強く惹いたのである。

下五の「鳥居かな」に移ろう。ここで私達読者は「鹹はゆき露にぬれ」ているものが「鳥居」であることに気づかされる。「鳥居」は大きい。句は小さな「露」から一挙に巨大な「鳥居」へと飛躍している。この小と大の極端な対照も②の句のおもしろいところである。こういうところも子規の目を強く惹いたものと思われる。

かくして、②の句には子規の目を強く惹いたところが二つ存在することになる。だからこそ、子規は②の句に二重丸（◎）をつけたり、「承露盤」に入れたりしたのである。

三

③の句に移ろう。

香椎宮
③秋立つや千早古る世の杉ありて（「承露盤」）

前書の「香椎宮」について触れておこう。祭神は仲哀天皇と神功皇后の二座。神功皇后が筥崎宮と香椎宮の両方で祭神となっていることに注意したい。創立は聖武天皇の神亀元（七二四）年。筥崎宮より約二百年も古い。『万葉集』にすでに、「香椎廟」として出ている。本殿は前記のごとく神亀元年に完成されたが、福岡藩十代藩主黒田斉清によって享和元（一八〇一）年に再建されている。香椎造りという独特な建築用式で知られており、国の重要文化財に指定されている。旧官幣大社。これは筥崎宮と同じ。現在の地名で言えば、福岡市東区香椎にある。

下五の「杉ありて」の「杉」に注目したい。なぜ、漱石はわざわざ「杉」を詠んだのであろうか。調べてみると、この「杉」がただの「杉」ではないことが判明する。香椎宮には、本殿、幣殿に入って行く石段の前に杉の古木が立っている。これが「綾杉」と呼ばれている杉で、香椎宮の御神木になっている。漱石はこの「綾杉」をとりあげ、下五で「杉ありて」と詠んだのである。

では、「綾杉」はどんな「杉」なのであろうか。香椎宮発行のパンフレットに次のような説明が出ている。

Ⓐ神功皇后が海外より御帰朝の際三種の宝（筆者注、剣、鉾、杖）を此所に埋め鎧の袖の杉枝を挿し「永遠に本朝を鎮護すべし」と誓いを立て祈りを籠め給うたものが大木となった　又皇后が大和へ御帰還の際御自身の神霊を此の杉に留め仲哀天皇の御側に永仕を祈られたので国家の鎮護として昔からこの杉の葉に守礼と不老水を添えて朝廷に奉った　又太宰の帥に新任された人は必ず本宮に参拝し神職からこの杉葉を冠に挿すことが恒例であった　Ⓑ此の杉は普通の杉と異り葉は海松の如く大小の葉恰も綾の様に交互に出ているので綾杉と称している　幾度か神殿と共に焼けた事があったがその度毎に植え継ぐことなく今日猶空高く聳えている[11]

傍点部Ⓐから、「綾杉」の起源がわかる。神后皇后が植えたとなれば、樹齢は優に千年は越えている。実に古い。傍点部Ⓑから、「綾杉」の葉の形態上の特色とそれから生じた名前の由来とがわかる。他に「綾杉」の葉が重要な役割をしていたことも窺える。以上から、漱石が下五に詠んだ「杉」が特別な「杉」だったことが明らかである。たいていの神社によくあるふつうの杉では決してない。

中七の「千早古る」については、『漱石全集第十七巻』において「普通は『千早振る』と書き、神にかかる枕言葉。ここでは千年もたったという意味で使用」という「注解」がつけられている。「注解」の後半の「千年もたったという意味で使用」に関しては、前に書いたように「樹齢は優に千年は越えている」のだから首肯できる。ただし、付け加えておきたいことがある。

なぜ、漱石は中七に「千早古る」という枕言葉を用いたのだろうか。「綾杉」は『新古今和歌集』に収められた和歌にも出てくる。その和歌を紹介しよう。

　香椎宮の杉をよみ侍りける　よみ人しらず
ちはやぶるかしゐの宮のあや杉は神のみそぎにたてるなりけり（巻十九、神祇歌、一八八六）

この和歌は、今、香椎宮を訪れると、入手できる資料にも載っている。漱石もこういう資料を入手し、この和歌を知り、③の句を作るとき、句の中に「ちはやぶる」を取り入れたものと思われる。

なぜ、漱石は普通は「千早振る」と書くべきところを「千早古る」と書いたのであろうか。香椎宮で「綾杉」を見た漱石は、その高さ、大きさ、太さなどに驚き、なんと古い杉の木だろうかという感慨をもったに違いない。この感慨があったからこそ、「千早振る」と書くべきところを「千早古る」と書いたものと思われる。

さて、③の句で最大の疑問は、上五の「秋立つや」である。「秋立つ」とは「立秋」のことである。

「立秋」とは、前にも書いたように、普通は八月八日である。漱石と鏡子が香椎宮に行ったのは九月上旬であったから、約一ケ月ずれている。①の句の季語「初秋」よりずれが大きい。よって、時期を考えた季語としては「初秋」のほうがまだましである。漱石は③の句の上五に①の句で用いた「初秋」を用いてもよかったのである。なのに、漱石はずれが大きい「秋立つ」を用いた。漱石はどうして③の句の上五を「初秋や」とせず、「秋立つや」としたのであろうか。この疑問を解くヒントとなる資料がある。二つある。

第一は、『香椎宮編年記』にある次の一節である。

　養老七年十二月二十八日託宣《たくせん》あつて曰く「一天のもと杉は吾が賓倉《ほうそう》なり。其の故は、万樹多しと云へども杉は直木の故なり。正直の人の首と杉の梢《こずえ》とは此れ吾が寶倉《ほうそう》なり。」ここに於て、綾杉を裁補《さいほ》して神木とす。朝家宝祚《てうけほうそ》に登り玉ふ時は、此の枝を献ぜり。[12]

傍点部に注目してほしい。「杉は直木」と言っている。「直木」とは〈まっすぐな木〉という意味である。まず、これをおさえておきたい。

第二は、先に引いた、『新古今和歌集』に入っている和歌である。

　ちはやぶるかしゐの宮のあや杉は神のみそぎにたてるなりけり

意味は「香椎の宮のあや杉は、香椎の神の御神木として立っているのである[13]」となろう。この和歌から「あや杉」が「たてる」、つまり、「立っている」ことがわかる。第一と第二とを合わせれば、

「あや杉」は〈まっすぐ立っている木〉ということになる。「綾杉」が〈まっすぐ立っている〉ところを見て、漱石は③の句の上五を「初秋や」ではなく「秋立つや」にしたのではないだろうか。〈まっすぐ立っている〉「綾杉」は、目に見える物体であり、一方、「秋立つ」は目に見えない時間の推移を意味している。よって、厳密に言えば、次元が違う。しかし、両者は「立つ」という点で共通していて、どこか通じるところがある。こうして、上五の「秋立つ」と下五の「杉ありて」が結びついてくるのである。漱石の季語の選択は巧みであった。「初秋」では③の句は間延びした句になっていたであろう。たとえ、時期が少しずれることになっても、「秋立つ」を使ったからこそ、③の句が引き立ってきたのである。子規が③の句に二重丸（◎）をつけ、「承露盤」に入れたのも決して不思議ではない。

四

以上、漱石の明治二十九年九月初めの旅行の俳句を、福岡市内の俳句である①②③の句を中心に考察してきた。その結果、判明したことを次にまとめておきたい。二つある。

第一は、漱石の今回の旅行の俳句を新妻鏡子との新婚旅行の俳句と意識して読むと、今迄見落とされてきたことが浮き上がってきたということである。私達はあくまでも漱石と鏡子の実生活に即して漱石の俳句を読まなければならない。

第二は、漱石は行ったところで見たものを単に軽く句にしているのではなく、いろいろなことを意識し、句を組み立てて作っていたということである。漱石という俳人には、意識的、技巧的な俳人という面もある。これは、漱石を俳人として見る場合、注意しなければならない点である。

注

（1）本書第一部II参照。
（2）井上精三著『博多郷土史事典』昭62・1、葦書房、二二四頁）
（3）『合本俳句歳時記新版』（昭59・8、角川書店、五〇八頁）
（4）『福岡県の歴史散歩』（'98・10、山川出版社、九二頁）
（5）注（2）と同書（一四三頁―一四四頁）
（6）石瀧豊美監修『目で見る福岡市の一〇〇年』（'01・11、郷土出版社、二六頁）
（7）注（6）と同書（同頁）
（8）村田正志監修『筥崎宮―由緒と宝物』（平10・8、筥崎宮、五七頁）
（9）注（6）と同書（四三頁）
（10）新村出編『広辞苑第四版』（'93・9、岩波書店）
（11）「香椎宮略志」（発行年月日記載なし）
（12）『香椎宮御由緒』（昭58・8、香椎宮社務所、一〇頁）
（13）「校注」（『新古今和歌集』、'92・1、岩波書店、五四九頁、校注者は田中裕、赤瀬信吾）

Ⅴ　漱石の久留米市の俳句について——〈高良山行〉の俳句を中心に——

一

夏目漱石は、福岡県久留米市を五度訪れている。

一度目は、明治二十九年四月のことである。愛媛県尋常中学校から第五高等学校へ移ることになった漱石は、松山市から熊本市へ向かう時、久留米市を通り、水天宮に詣でている。

二度目は、明治二十九年九月初めのことである。六月に中根鏡子と結婚した漱石は、新妻とともに約一週間、福岡県内を旅行し、久留米市の梅林寺に寄っている。

三度目は、明治三十年春休みのことである。漱石は五高の同僚の菅虎雄に会うために久留米市を訪れ、高良山に登っている。

四度目は、明治三十年十一月のことである。漱石は佐賀県と福岡県の中学校の英語の授業を視察した折、福岡県尋常中学校久留米明善校を訪れている。

五度目は、明治三十二年一月のことである。漱石は五高の同僚の奥太一郎とともに太宰府・小倉・宇佐神宮・耶馬溪・日田などを見て回り、久留米市へ出、熊本市へ帰っている。

以上、五度の久留米市訪問のうち、漱石が俳句を作ったのは、二度目、三度目、五度目の計三回である。

二度目の時、漱石は「梅林寺」という前書がある「碧巌を提唱す山内の夜ぞ長き」という句を作っている。[1]

五度目の時、漱石は「追分とかいふ所にて車夫の親方乗つて行かん喃といふがあまり可笑しかりければ」という長い前書がある「親方と呼びかけられし毛布哉」という句を作っている。[2]

二度目、五度目とも、久留米市の俳句はそれぞれ一句である。少ない。ところが、三度目では、久留米市の俳句は一句ではない。漱石は久留米市の高良山に登った時、十句も作っている。実に多い。中には佳句もある。そこで、本稿では、〈高良山行〉で作られた十句をとりあげてみたい。

二

漱石は明治三十年四月十八日付正岡子規宛書簡において次のように述べている。

今春期休に久留米に至り高良山に登り夫より山越を致し発心と申す処の桜を見物致候帰途久留米の古道屋にて士朗と淡々の軸を手に入候につき御慰の為め進呈致候（傍点は筆者。以下注記のないものは全て同じ）。

重要なのは、前半の傍点部である。ここから、「久留米に至」った漱石が、(1)「高良山に登」ったこと、(2)「山越」をしたこと、(3)「発心」の「桜を見物」したことがわかる。この(1)(2)(3)を〈高良山行〉と称したい。

漱石は先に引用した子規宛書簡に句稿を添えていた。『漱石全集第十七巻』(平8・1、岩波書店)に「正岡子規へ送りたる句稿　その二十四　五十一句」として収録されている句がそれである。この中に〈高良山行〉の俳句十句が入っている。紹介しよう。句の上の番号は、筆者が便宜上つけた通し番号である。句の下の「承露盤」とは、元来は、「漢の武帝が建章宮に設けた銅製の盤の名」[3]であるが、子規の場合は、「明治二十八年から同三十三年までに子規に送られてきた名家の俳句を書き留めておいた手控えの四季別選抜句草稿」[4]のことである。だから、句の下に「承露盤」とある句は、子規の目を惹いた句ということになる。

高良山一句

①石磴や曇る肥前の春の山
②松をもて囲ひし谷の桜かな
③雨に雲に桜濡れたり山の陰
④菜の花の遥かに黄なり筑後川(「承露盤」)
⑤花に濡るゝ傘なき人の雨を寒み(「承露盤」)
⑥人に逢はず雨ふる山の花盛

⑦筑後路や丸い山吹く春の風（「承露盤」）
⑧山高し動ともすれば春曇る（「承露盤」）
⑨濃かに弥生の雲の流れけり（「承露盤」）
⑩拝殿に花吹き込むや鈴の音

以下、これら十句について述べていきたい。

三

その前に、考えておかなければならないことがある。それは十句の順番のことである。漱石は①～⑩の句に詠まれた場所や風景の順番通りに歩き、句を作ったのであろうか。明治二十九年九月初めの新婚旅行の時の俳句は、前書に出てくる地名・建造物名から漱石が句の順番通りに歩き、見たものを句にしているととれる。しかし、本稿でとりあげる十句の場合は、句の順番通りに漱石が歩き、句を作ったとはとれないところがある。

たとえば、①の句と②の句の関係である。①の句では、漱石は「高良山に登」っている。ところが②の句では、「谷の桜」が詠まれている。ふつう、「谷」は山の下の方にある。すると、漱石が山を登っている①の句のすぐあとに、山の下の方にあるものが詠まれている②の句がきていることになる。①の句と②の句の間には、「山越」の句が全くない。おかしい。こうして、①～⑩の句は、決して漱石が歩き、見た通りの順番に並んでいるわけではないことがわかる。

そこで、次に①〜⑩の句の順番について考え直してみたい。その際、参考になるのが久留米市が建てた漱石の句碑である。

現在、高良山にある高良大社へは自動車で行ける。舗装道路ができているからである。この舗装道路は高良山の先の山々（耳納連山）へも通じている。かつての「山越」の道やのちの九州自然歩道と重なっているところが多い。この舗装道路はスカイラインのようになっている。

久留米市は、漱石が「山越」をしたことを記念して、舗装道路に沿って漱石の句碑を建てることを計画した。碑になった最初の句は、④の「菜の花の」の句と②の「松をもて」の句であった。二句同時である。平成六（一九九四）年三月末のことであった。この時の除幕式の様子を地元の新聞は次のように報じている。

久留米市が同市の耳納連山内の発心公園と森林つつじ公園に建設していた文豪夏目漱石の句碑が完成し二十七日、発心公園で除幕式があった。

漱石は旧制五高教授時代に五回久留米を訪問。明治三十年に親友の菅虎雄を訪ねた際に高良大社から耳納連山を縦走し、発心公園付近で桜見物。「高良山一句」と題して俳句を十句残している。

こうした来歴にちなみ同市が、漱石の歩いた道程と重なる自然歩道の約十四キロを「漱石の道」として観光整備に着手。その一環として二ヶ所に碑を建てた。

発心公園の碑（デザイン仲正彦さん、書・諸口祥雲さん）には、漱石の肖像のレリーフとともに

「松をもて囲みし谷の桜かな」の一句が、森林つつじ公園の碑（デザイン今村修さん、書・北村久峰さん）には「菜の花のはるかに黄なり筑後川」の一句が、それぞれしたためられている（中略）。同市は六年度も発心城跡と高良大社の二ヶ所に同様の句碑を建てる予定。(5)

これから、次の事柄がわかる。

(1)④の句碑が森林つつじ公園内に建てられたこと。この公園は高良山にあり、高良大社からも近い。漱石の「山越」が始まったあたりに設置されたことになる。

(2)②の句碑が発心公園内に建てられたこと。この公園は耳納連山の一つ発心山の下にある。地名を言えば、久留米市草野町。②の句碑は、漱石の「山越」が終わり、下ったところに設置されたことになる。

(3)久留米市が漱石の句碑を建てていく道路を「漱石の道」と名づけていること。

(4)この「漱石の道」の距離が「約十四キロ」であること。けっこう長い。

(5)久留米市が今後も漱石の句碑を建てていく予定であること。この段階ではあと二つである。

次に漱石の句碑が建てられたのは、平成七（一九九五）年六月のことである。この時も二つ同時。一つは⑥の「人に逢はず」の句碑で、森林つつじ公園東方に建てられた。高良大社側から言うと、前年に建てられた④の句碑の次になる。もう一つは⑨の「濃かに」の句碑で、山城である発心城跡西方に建てられた。前年に建てられた②の句碑よりもはるかに高い所にある。

最後に漱石の句碑が建てられたのは、平成八（一九九六）年一月のことである。この時は一つである。句は⑦の「筑後路や」の句。この句碑は形がユニークで、句碑に二つ、丸い穴があいている。まるで、眼鏡のようである。この穴からのぞくと、眼下に広がる風景が見えるように作られている。⑥の句碑と⑨の句碑の間に建立された。

以上の五つの句碑を高良大社側から並べると、④→⑥→⑦→⑨→②という順番になる。参考のために五つの句碑の写真を次の頁にこの順番通りに掲載しておく。

一番目であることがまちがいない①の句を除くと、③⑤⑧⑩の四句が残ったことになる。

③の句は、②の句と関連性が強い。ともに〈さくら〉を「花」ではなく、「桜」と表記している。場所も②の句が「谷」、③の句が「山の陰」と山の下の方になっている。共通点が二つもある。句稿通り、②の句の次に③の句をおいてよい。

⑤の句は、⑥の句と関連性が強い。ともに〈さくら〉が「花」と表記されている。その上、ともに「人」や「雨」が出ている。従って、⑥の句から切り離さず、句稿通りに並べておいた方がよい。

⑧の句は、上五の「山高し」がポイント。では、この「高」い「山」はなんという「山」であろうか。漱石が歩いた高良山から発心山に至るまでの山々の中で最も高い山は発心山である。高さは六九七・五メートル。三一二・三メートルの高良山の約二倍もある。とすると、「山高し」と詠まれた「山」は、発心山ということになる。既に久留米市によって句碑が建てられ、発心山で詠まれたとされている⑨の句から切り離さず、句稿通りに並べておいた方がよい。

⑩の句には、「拝殿」が出ている。私にはこの「拝殿」は高良大社の拝殿ではないように思える。⑩の句は①の句の次におかない方がよい。句稿通りに最後の十番目でよい。詳細はあとで述べることにする。

「漱石の道」の五つの句碑

（撮影は筆者）

写真３　⑦の句碑

写真４　⑨の句碑

写真１　④の句碑

写真５　②の句碑

写真２　⑥の句碑

以上から、①〜⑩の句を並べかえてできた新しい順番を一覧表にして示すと、次のようになる。表の中に漱石がいた場所、その高低、句の上五、句碑の有無、分類などの欄をもうけた。それから、⑩の句は、漱石の子規宛書簡の中の言葉では分類できないので、(4)その他としておいた。

順番	場所の高低				句（上五）	碑	分類
	山上	山腹	山下	平地			
1		①			「石磴や」	無	(1)「高良山」
2	④				「菜の花や」	有	(2)「山越」
3	⑤				「花に濡るゝ」	無	同
4	⑥				「人に逢はず」	有	同
5	⑦				「筑後路や」	有	同
6	⑧				「山高し」	無	同
7	⑨				「濃かに」	有	同
8			②		「松をもて」	有	(3)「発心」
9			③		「雨に雲に」	無	同
10				⑩	「拝殿や」	無	(4)その他

四

ここで、論を元に戻し、十句について述べていくことにしたい。

(1)「高良山」

高良山一句

①石磴や曇る肥前の春の山

まず、前書の「高良山一句」から述べていきたい。この前書は、どの句にまでかかるのだろうか。こういうことを考えるのは、久留米市が建てた④の句碑の裏面に次のような文章が書かれているからである。

明治三十年春、夏目漱石は、久留米に親友菅虎雄を訪ね耳納連山を越えこの句（筆者注、④の句）を含む十の句の「高良山一句」を詠む。

傍点部は、あきらかに「高良山一句」が他の九句にもかかっていると考えている。こういう考え方で良いのだろうか。良くはない。俳句の前書の読み方に問題がある。

たとえば、加藤楸邨の第一句集『寒雷』（昭14・3、交蘭社）を見ていくと、次のような箇所が出てくる。

㋐降る雪にさめて羽ばたく鴨のあり
㋑行く鴨にまことさびしき昼の雨
　　元荒川　二句
㋒筑波嶺の消えて畦火も衰へぬ
㋓はしりきて二つの畦火相搏てる

この場合、前書の中の「二句」は、㋐と㋑の句だけをさしている。㋒と㋓の句はささない。実際、㋐㋑の句は「鴨」を詠んでおり、㋒㋓の句は「畦火」を詠んでいる。句の内容も前の二句と後の二句ははっきり違っている。前書に「二句」とあれば、次の「二句」だけをさす。これが俳句の世界の常識である。

漱石の「高良山一句」の場合も同じである。この「一句」が示しているのは、あくまでも①の句だけであって、他の九句は入らないと考えるべきである。こう考えるだけで漱石が〈高良山行〉で詠んだ十句の理解はかなり違ってくると思われる。

前書の「高良山」は、久留米市にある山である。高さは前述のごとく約三百メートルだから、あまり高くはない。しかし、この山は筑後一の宮である高良大社がある山として有名である。高良大社の御祭神は三座。中央が高良玉垂命、左が八幡大神、右が住吉大神である。高良大社で入手したパンフレットの一節を紹介しよう。

　社伝によれば、御鎮座は仁徳《にんとく》天皇五十五年（三六七）または七十八年（三九〇）といわれ、履中天皇元年（四〇〇）に御社殿を建てて祀ったとあります。(6)

このパンフレットには、高良山について次のような説明文も載っている。

　高良大社の鎮まる高良山は、別名を高牟礼山《たかむれやま》・不濡山《ぬれせぬやま》とも呼ばれ、ここ（筆者注、高良山）を起点として背後に耳納山脈が広がっています。標高三一二メートルと、それ程高い山には感じられませんが、Ⓐ筑前・筑後・肥前三国に広がる九州最大の筑紫平野の中央に突出し、地政《ママ》的に絶好の位置を占め、古代より宗教・政治・文化の中心、軍事・交通の要衝として歴史上極めて大きな役割を果たして来ました。Ⓑ山下には筑後川（別称、筑紫次郎）が悠々と流れ、この大河の造った大穀倉地帯を一望のもとに納めることのできる眺望の雄大さはほかに較べようもありません。(7)

傍点部Ⓐは「肥前」が出ている①の句について、そして、傍点部Ⓑは「筑後川」が出ている④の句について考える時、役に立つ。

　上五の「石磴」とは、石の段のこと。漱石は石の段を登っている。では、どこへ行くのだろうか。①の句のどこにも高良大社は出ていない。しかし、漱石は高良大社に向かっている。というのは、「高良山に登」るということは、高良大社に詣でるということであるからだ。今も残っている石の段は、下から上の高良大社まで何段もある。漱石は元元、健脚の方であった。明治三十二年の〈耶馬溪行〉は徒歩でなされている。そうではあっても、石の段が何段も続くと、「ずいぶん、あるな。きついな」と思ったであろう。こういう漱石の心理状況が切れ字の「や」を使った上五の「石磴や」によく出ている。漱石は途中で立ち止まり、石の段に座り、休憩をとったであろう。その時、周囲を見渡した。天候はあまり良くない。「曇」っている。そのうち、雨が降り出すかもしれない。それでも漱石の目に彼方の「肥前の春の山」々が入ってきた。佐賀県の背振山脈である。最高峰は背振山で、高さは一〇五五、二メートル。この時、漱石は「ああ、向かいの山々がよく見えるなぁ。それだけ、高いところまで登ってきたのだ」と思ったであろう。こうして、漱石は元気を取り戻し、また、「石磴」を辛抱強く登っていったのである。

五

(2)「山越」

④菜の花の遥かに黄なり筑後川 (「承露盤」)

「山越」の道を歩き出した漱石の目をとらえたのは、眼下に広がる「菜の花」であった。だから、漱石は上五に「菜の花」をおいて句を始めたのである。当時、「菜の花」は稲の裏作として、そして、菜種油をとる農作物として日本全国で広く栽培されていた。九州の筑紫平野でも同じであったと考えてよい。

山の上からなら眺望は平地よりも良い。先に引用した高良山についての文章の中にも、「大穀倉地帯を一望のもとに納めることのできる眺望の雄大さはほかに較べようもありません」と出ていたではないか。「菜の花」の色は、あらためて言うまでもなく「黄」である。山の高いところにいる漱石は、「遥か」彼方まで延々と続く「菜の花」の「黄」を見て、圧倒され、驚嘆した。かくて、中七が「遥かに黄なり」となったのである。

「黄なり」の「なり」は断定の助動詞である。漱石にとって、この断定は誇張ではなかった筈である。なにしろ、「雄大な」風景を実際に自分の目ではっきりと見たのだから……。「なり」は漱石の実感にもとづいて発せられた言葉であって、大仰な感じはしない。いや、むしろ、漱石の強い心情がにじみ出ていて、適切に見える。

一句の結びは「筑後川」。「菜の花」が延々と広がる風景に配するものは、大河、長河の「筑後川」しかあるまい。他のものではうまくいかなかったであろう。それから、上五と中七は文章体になっているけれど、下五の「筑後川」は体言止めである。これで一句全体がひきしまったという面がある。また、句の中に「筑後川」という固有名詞を出したことで、句が詠まれた場所が他ならぬ九州であることを読者に知らせることもできた。漱石は九州在住時代、多くの句を作った。その中でも④の句は、もっともよく知られた句と思われる。それは漱石が日本でもよく知られている「筑後川」を句中に使ったからである。こう見てくると、漱石が下五においた「筑後川」にはいろいろなプラス面があるということになる。

「漱石の道」を歩き、卵形をした④の句碑が建てられた所に立つと、眼下に確かに筑後川がよく見える。眺めていると、筑後川が大きく、長い川であることを実感させられる。そして、この筑後川の水がかつて漱石が見た、「遥か」彼方まで広がっていた「黄」の「菜の花」を育てていたのだという感慨にとらわれてくる。

④の句には、「大景を写して印象平明。表面的な叙景にとどまる点にややあきたらぬものがあるが、佳句としてよいだろう」[8]という評がある。確かにその通りで、的確な評と言ってよい。子規が「承露盤」に入れたのも肯ける。

⑤花に濡るゝ傘なき人の雨を寒み　（「承露盤」）
⑥人に逢はず雨ふる山の花盛

両方の句に「雨」が出ている。漱石が「高良山に登」る時、「曇」っていた天候は変わり、「雨」が「ふ」り出したのである。「雨」の中、漱石は細く、狭い山道を一人で歩いて行った。

⑥の句の上五から、漱石がほかの「人に逢」っていないことがわかる。当時、「山越」の道はあっても、漱石のように「山越」をする人はそれほど多くはいなかったのかもしれない。「雨」の中、人気のない山道を一人で歩いて行くことはさぞかし寂しかったことであろう。

⑤の句の中七の「傘なき人」は誰であろうか。他の人ではない。漱石は山道で「人に逢」ってはいないのだから……。とすると、この「傘なき人」は、漱石自身ということになる。漱石は当日、「雨」が「ふ」ろうとは思わなかったようである。だから、「傘」を持たずに、つまり、軽装備で出発した。しかし、春の天候は変わりやすい。山なら、なおさらである。かくて、「雨」の中の山行ということ

になってしまった。現在ならば、山を甘くみたという非難を浴びるかもしれない。春とはいえ、「雨」に「濡れ」て歩いていくことは、さぞかし「寒」かったことであろう。

こうして、寂しさと「寒」さに襲われながら、山道を歩いて行く漱石を救うものがあった。「山」の中の「花」がそれである。⑤⑥の句の「花」は、「発心」の「桜」ではないように思われる。というのは、「発心」はまだまだ先にあったからである。「山」の中の「桜」ではあっても、⑥の句からわかるように、この時は「花盛」であったから、きれいだった筈である。きれいな「花」を目にとめた漱石は、新鮮な気持ちになり、山道を歩き続けて行った。こういう体験があったからこそ、漱石は⑤⑥の句を詠んだのである。

⑤⑥の句の評価について述べておこう。子規は⑥の句ではなく、⑤の句の方を「承露盤」に入れている。これは子規が⑥の句よりも⑤の句の方を高く評価したということを意味している。しかし、⑤の句には難点がある。それは、句中の「傘なき人」が漱石以外の人に見えてしまうという点である。私も最初はそうとっていた。しかし、それでは、「人に逢はず」と詠んでいる⑥の句と辻褄があわない。そのうち、「傘なき人」を漱石自身ととると辻褄があうことに気づき、考えを変えた次第である。こういうややこしいところがある⑤の句は、たとえ、子規が「承露盤」に入れていても、私には良い句には見えない。私にはわかりやすい⑥の句の方が良い句に見える。

⑦筑後路や丸い山吹く春の風 （「承露盤」）

「山越」の道を歩いてきた漱石は、「丸い山」にやってきた。すると、今度は眼下に「菜の花」だけではなく、家並や道路などが見えた。漱石は立ち止まり、それらを眺めた。そこで上五が「筑後路や」と詠まれたのである。〈筑後〉とは、福岡県北部をさす〈筑前〉に対する地名で、福岡県南部をさす。久留米市や周囲の市町村も〈筑後〉に入る。

「丸い山」には、「春の風」が「吹」いていた。この「春の風」は、立ち止まって眼下に広がる「筑後路」を眺めていた漱石の体にも「吹」いていた筈である。「春の風」だから、それほど強くはなかったであろう。山道を歩き続け、少し疲れていた漱石の体には、快い「風」だったかもしれない。

では、「丸い山」はなんという山であろうか。⑦の句碑の表には、「筑後路や」の句が刻まれている。これはよい。しかし、⑦の句碑の裏には、①の句の前書である「高良山一句」が、次に「筑後路や」の句が刻まれている。これでは、「丸い山」は高良山になってしまう。句碑の裏面の書き方は良くない。高良山が詠まれている句は、前にも述べたように、「高良山一句」という前書がついている①の句だけであるからだ。⑦の句の「丸い山」は、高良山とは切り離した方がよい。

漱石は自分が立っている山を「丸い山」と表現している。「丸い山」なら、そう高くはない。低い山と考えられる。高良山と発心山の間にはいくつか山がある。耳納山（三六七・九米）、兜山（三一六米）[9]、桝形山（六〇八・七米）グライダー山（六四〇米）、白山（六七七米）などがそうである。これらのうち、兜山がもっとも低い。こうして兜山があがってくる。

次に、山名について述べておきたい。実は、兜山には別名がある。けしけし山がそれである。兜山とけしけし山という二つの山名については、兜山の山頂近くに立っている説明板の「兜山と青木繁」

という文章において、次のような説明がなされている。

> 兜山は標高三百十六米、北面から仰ぐかっこうが兜のような　また　子どもの芥子坊主に似ているところから「兜山」とも「けしけし山」とも呼びなしてきました。

「兜」は遠くから見れば、「丸い」。「芥子坊主」は、幼児の髪型であり、これも「丸い」。二つの山名は、ともにこの山が「丸い山」であることをよく表している。とすると、⑧の句の「丸い山」は、兜山ととってよいのではあるまいか。

付け加えておくと、兜山の山頂には、久留米市生まれの画家青木繁の歌碑がある。歌は「わかくにはつくしのくにやしらひわけはいますはじおほきくに」（わが国は筑紫国や白日別母います国櫨多き国）というもので、青木の望郷歌ととってよい。この碑文は、青木とは幼い頃から親しかった画家坂本繁二郎の直筆である。

漱石と青木とは、関係がある。のちのことになるが、漱石は『それから』（明43）の中に、青木の代表作「わだつみのいろこの宮」を登場させている。これだけではない。漱石は青木の死後、明治四十五年三月十七日付津田亀次郎（青楓）宛書簡において「あの人は天才だと思ひます」と述べている。漱石が画家青木繁を高く評価していたことがよくわかる。

⑧山高し動ともすれば春曇る（「承露盤」）
⑨濃かに弥生の雲の流れけり（「承露盤」）

⑧の句については、すでに漱石の門人の小宮豊隆（蓬里雨）、松根東洋城、寺田寅彦（寅日子）が合評をしている。(10) 論点は「山高しといふのは山の上でいふのか山の下からいふのか」（傍点は原文のまま。以下同じ）というもの。東洋城は「下から上を見ての山高しとするのが穏当」と主張し、豊隆は「作者が高い山に登つてゐて下の景色を見下ろしてゐる」と主張する。豊隆は漱石の子規宛書簡（前出）を踏まえた上でこう主張し、「此の句はその山越しの句ぢやないかとさへ僕は想像する」と付け加えている。東洋城の主張より豊隆の主張の方が正しいことは言うまでもない。ちなみに東洋城と豊隆の主張を聞いていた寅彦は、「僕も此れは自分が高い山の路を歩いて居る心待と解して居た」と述べ、豊隆の主張に賛成している。

では、中七の「動ともすれば」、下五の「春曇る」はどうとればよいのだろうか。

⑧の句に詠まれている天候の変化は、何日かにわたっていると主張する東洋城に対して、豊隆は次のように主張する。この中に「動ともすれば」の意味、「春曇る」の意味が入っている。

ややともすればといふ言葉からは、僕は、幾日にも亘つて繰返されるといふ様な心持を感じない。刻刻に一つの方向に傾いて行かうとするものが此言葉で現はされてゐると思ふ。従つてうらかだと思つてゐた空がいつの間にどろんとしてしまふ、又うららかになつたかと思ふとどろんとしてしまふ。さういふ意味で短い時間の出来事であると思ふ。

天候の変化の仕方や空の様子の説明についても、東洋城より豊隆の方が的確な主張をしている。

①の句（「曇」）、④の句（晴）、⑤⑥の句（「雨」）、⑦の句（晴）、⑧の句（「曇」）と見てきた私達は、漱石の「山越」のときの天候の変化がたびたびであったことをよく知っている。とすると、「動ともす

れば」は、豊隆の主張のように、天候が「刻刻に」、または、「短い時間」のうちに変化するという意味であると考えてよいであろう。

それから、豊隆は「春曇る」を「うららかだと思つてゐた空かいつの間にどろんとしてしまふ」ことだと主張している。この「どろん」という言い方は、巧みな表現だと思う。

前に句の順番のところで指摘しておいたように、⑧の句の「高」い「山」は発心山である。であれば、漱石が「山越」の目的の山に着いたことがわかる。「発心と申す処の桜」は、発心山の麓にあるからである。

漱石は⑨の句においても、⑧の句で「山高し」と詠んだ「高」い「山」、つまり、発心山で見た光景を詠んでいる。⑨の句碑が山城であった発心城跡西方に建てられたことは前に述べておいた。

⑨の句で漱石が詠んだのは、「高」い「山」の上で目撃した「雲の流れ」である。「高」い「山」の上なら、近くを動いていく「雲の流れ」をよく観察することができる。漱石は平地にいては決して見ることができない微妙な「雲の流れ」を実際に目撃した。興味を持ち、観察を続けた。その結果を上五に「濃かに」(＝細やかに)と詠んだのである。「濃かに」には漱石の発見がある。ふつうはこうは詠めない。⑨の句の魅力はひとえに「濃かに」あると言っても過言ではあるまい。これも漱石の〈高良山行〉の収穫の一つであった。たとえ、山道を一人で歩き、寂しくても、また、「雨」に「濡」れて「寒」くても、句作上の収穫は確実にあったのである。

六

③雨に曇に桜濡れたり山の陰

②松をもて囲ひし谷の桜かな

(3) 「発心」

ここで、漱石が子規宛書簡に書いていた「発心と申す処の桜」について述べておきたい。発心山麓は昔から桜の名所として知られていた。江戸時代中期に描かれたとされている「若宮八幡宮縁起」（久留米市立草野歴史資料館蔵）の発心城の幅を見ると、多くの人々（町人や武士）が楽しそうに桜見物をしている。これは明治時代でも変わりはなかったと思われる。それで、久留米に来た漱石は、「高良山に登」ったあと、わざわざ「山越」をし、「発心と申す処の桜を見物」し、「桜」の句を詠んだのである。

この桜の名所は、現在は公園となり、前に引用しておいた新聞記事にも出ていたように、「発心公園」と名づけられている。入口に「観光コース案内板」が立っており、説明の文章が添えられている。この中に漱石の句が出てくるので紹介しよう（原文は横書き）。

（筆者注、発心公園は）耳納連山のふもとに位置することから、自然環境に恵まれ、春の桜、秋の紅葉は美しく谷川の清流は訪れる人に清涼感を味わわせてくれます。

特に桜はすばらしく、久留米藩主が好んで桜見物をした場所で、夏目漱石も親友菅虎雄を久留米に訪ねた折に、ここに来て句を残しています。

松をもて　囲い《ママ》し谷の　桜かな

引用されている句は、②の句の方である。

当日の漱石の行動を追ってみよう。「山越」をして発心山に来た漱石は、今度は山を下って行った。すると、谷川があった。発心川である。谷川の周囲には何本も桜の木があった。それらの桜の木は、時期が「弥生」（三月）だったから、開花していた。発心山には松の木も多かった。漱石の目には「松」の木がまるで、「谷の桜」を「囲」んでいるかのように見えた。松の緑には、桜の白、または、うすいピンクをより際立たせる効果がある。「松」の緑を背景にして開花していた「谷の桜」は漱石の目にはさぞかし華麗だったことであろう。「山越」をし、やっと目的の「発心と申す処の桜」を実際に目にした漱石は、目を奪われたに違いない。こうして、「松をもて囲ひし谷の桜かな」という②の句が生み出されていったのである。

③の句から、「桜」が「雨」や「雲」に「濡れ」ていたことがわかる。⑧⑨の句において「曇」だった天候は悪くなり、「雨」が降り出したようである。「雲」というのは、ここでは霧（ガス）のようなものであろうか。漱石にとって「山越」の日は、本当に天候がよく変わる日だったということにな

る。しかし、そうではあっても、漱石が「谷の桜」からうけた大きな感動は少しも変わらなかったと思われる。

(4)その他

⑩拝殿に花吹き込むや鈴の音

上五の「拝殿」は、どこの神社の拝殿であろうか。高良大社のそれであろうか。漱石は①の句において「高良山に登」っている。「高良山に登」るということは、高良大社に詣でるということであった。漱石は高良大社に行っている。①の句の前書に「高良山一句」とあるように、「高良山」の句はあくまでも①の句一句だけであるからである。⑩の句の「拝殿」を高良大社の拝殿ととってはならない。高良大社の拝殿が本殿や幣殿とともに国の重要文化財に指定されていようとも、である。

では、上五の「拝殿」は、どこの神社の拝殿なのであろうか。実は発心山麓には、高良大社ほどではないけれども、由緒ある神社が他にもある。須佐能袁《すさのお》神社がそれである。この神社は発心公園から近い。「谷の桜」を「見物」した漱石がこの神社に寄り、⑩の句を詠んだ可能性はかなり高い。

以下、須佐能袁神社について、境内の説明板の文章を使って、説明しよう。

通称、祇園社で知られていいます本社は建久八年（一一九七）平家討伐に軍功のありました竹井城主草野永平が勧請したといわれ代々城主の崇敬が厚く、草野家が豊臣秀吉の九州征伐のおり滅亡した後もこの町の氏神として祀り崇められました。祭神は素戔嗚尊で、現在の神殿は明治十九年に改築された欅の権現造りで拝殿、楼門とともに調和豊かな彫刻美を見せ、県の文化財に指定(昭和十二年)されています。

後半の傍点部が重要である。「現在の神殿」が「改築された」のが「明治十九年」であるから、漱石が訪れたと思われる明治三十年は、「改築」後、十一年目ということになる。この神社の「神殿」は現在も立派に見えるので、「改築」後十一年目なら、現在以上に立派に見えたに違いない。「昭和十二年」には、「神殿」は「拝殿、楼門とともに」「県の文化財に指定されて」いる。漱石が⑩の句の上

須佐能袁神社（撮影は筆者）

写真６　鳥居

写真７　楼門

写真８　拝殿

五においた「拝殿」は、須佐能袁神社の拝殿だったと考えられる。

⑩の句の「花」は、「拝殿に」「吹き込」んでいる。この「花」は、⑤⑥の句の「花」のように山の中の「花」ではない。また、②③の句の「桜」のように「谷の桜」でもない。境内に咲いている「花」であろう。この「花」が「拝殿」に「吹き込む」のは、境内に風が「吹」いているからである。この風はあまり強くない。微風であろう。散っていく「花」がそのまま地に落ちるのではなく、かすかな風に「吹」かれて、「拝殿」に入り、床に落ちていく。美しい光景である。漱石は見とれていた。すると、漱石の耳に、突然、「鈴の音」が聞こえてきた。参拝客の一人が「拝殿」の「鈴」を鳴らしたからである。漱石ははっとして我に返った。こういう実際の体験があったからこそ、漱石は⑩の句を詠んだのである。⑩の句は、漱石の視覚と聴覚とがうまく合体して生み出された句と言ってよい。

七

以上で、漱石の〈高良山行〉の句十句についての考察を終わりにしたい。漱石は平地から⑴「高良山に登」り、⑵「山越」をし、⑶「発心」山麓に下り、また、平地に戻るという〈山行〉をしていた。そこで、私も漱石が行った場所へ実際に行ってみた。次に、私は十句について考える時、漱石が行った場所を思いうかべつつ、漱石の心情を想像してみた。この二つをやれば、十句の内容を従来よりも良く理解できるだろうと考えた。本稿は、そういう私なりの考察の結果の一端を紹介したものである。

注

（1）拙稿「漱石・鷗外と九州―〈筑後〉を中心に―」（『九州大谷研究紀要』、第19号、平4・12、のち、拙著『夏目漱石の小説と俳句』、'96・4、翰林書房）参照

（2）拙稿「漱石・鷗外と九州―〈耶馬溪〉を中心に―」（『九州大谷研究紀要』、第20号、平5・12、のち、拙著『夏目漱石の小説と俳句』、'96・4、翰林書房）参照

（3）古川久編「注解」（『漱石全集第十二巻』、昭50・11、岩波書店、九九五頁）

（4）「編注」（『子規全集第十六巻』、昭50・8、講談社、二二一頁）

（5）『西日本新聞』（朝刊、'94・3・28）

（6）「筑後一の宮高良大社」（発行年月日記載なし）

（7）注（6）同じ。

（8）小室善弘『漱石俳句評釈』（昭58・1、明治書院、六一頁）

（9）地元の案内板では、標高を三一六メートルと記しているものが多い。しかし、三一七メートルと記しているものもある。⑥の句碑の前に立っている「耳納連山自然歩道総合案内」や福岡県高等学校歴史研究会編『福岡県の歴史散歩』（'89・11、山川出版社）などがそうである。

（10）寺田寅彦・松根東洋城・小宮豊隆『漱石俳句研究』（大4・7、岩波書店、二四頁―二九頁）。この本では、中七の「動ともすれば」は、「ややともすれば」と記されている。

第二部　龍之介

I　龍之介の『ホトトギス』投稿句について

一

芥川龍之介が小説を書きながら俳句を作ったことはよく知られている。村山古郷は、龍之介がその生涯に作った句の「総合計は一〇一四句(1)」と述べている。伊藤一郎は、「その後発見された句が、若干あるので、千二十数句を残したといえよう(2)」と述べている。

龍之介には句集もある。『澄江堂句集』(昭2・12、文藝春秋社出版部)がそれである。この句集には龍之介の全俳句の中から選び抜かれた七十七句が収録されている。文字通り、珠玉の句集と言ってよい。

では、龍之介の俳句歴はどういうものだったのだろうか。龍之介の文章『わが俳諧修業』(『俳壇文芸』、大14・6)を参照すればよい。龍之介は自分の俳句歴を六つの時代に分けている。「小学校時代」「中学時代」「高等学校時代」「大学時代」「教師時代」「作家時代」がそれである。この中で、私がもっとも強く興味を持ったのは、「教師時代」である。次に全文を引用しよう。

海軍機関学校の教官となり、高浜先生と同じ鎌倉に住みたれば、ふと句作をしてみる気になり、十句ばかり玉斧を乞ひし所、「ホトトギス」に二句採用になる。その後引きつづき、二三句づつ「ホトトギス」に載りしものなり。但し、その頃も既に多少の文名ありしかば、十句中二三句づつ雑詠に載るは虚子先生の御会釈ならんと思ひ、少々尻こそばゆく感ぜしことを忘れず（傍点は筆者。以下同じ）。

龍之介が海軍機関学校教官時代、高浜虚子主宰の俳誌『ホトトギス』の「雑詠」欄に続けて投句し、採用されていることがわかる。「教師時代」は、龍之介の俳句歴の中では重要な時代になる。これはこの後の「作家時代」を見ると、より明白となる。というのは「作家時代」の中で龍之介は、「つらつら按ずるにわが俳諧修業は『ホトトギス』の厄介にもなれば『海紅』の世話にもなり、宛然たる五目流の早じこみと言ふべし」と述べているからである。この引用で大切なのは、前半である。龍之介は『ホトトギス』への投句をはっきりと「わが俳諧修業」と呼んでいる。

二

では、龍之介の『ホトトギス』「雑詠」欄への投句状況は、どういうものだったのだろうか。

その前に、龍之介が虚子を意識し出し、次いで、「先生」と見ていく過程について触れておきたい。

大正五年七月、龍之介は東京帝国大学文科大学英吉利文学科を卒業する。同年十一月、一高教授畔

柳都太郎の紹介で横須賀にある海軍機関学校への就職が決定する。龍之介は知人に貸間探しを依頼、結局、鎌倉和田塚（鎌倉市由比が浜）の海浜ホテル隣の野間西洋洗濯店の離れ（野間栄三郎方）に下宿する。こうして、龍之介の鎌倉暮らしが始まるのである。ここで注意すべきことは、この時点では龍之介がまだ高浜虚子の存在を意識していないことである。虚子は明治四十三年十二月から鎌倉に住んでいた。龍之介も海軍機関学校への就職を契機に鎌倉に移り住んだのだから、虚子の存在を意識し、知人への書簡などで言及してもよいはずである。しかし、知人への書簡には虚子の名前はまだ出てこない。

大正六年九月、龍之介は横須賀市汐入五八〇番地尾鷲梅吉宅へ下宿を移す。こちらのほうが海軍機関学校に近く、通勤に便利だからである。ところが、龍之介は婚約者塚本文との結婚が近づくと、鎌倉へ戻ろうとする。

ここで、龍之介が同年十二月二十二日、一高の恩師菅虎雄の息子忠雄に出した書簡の一部を紹介しよう。

もし借家が見つかつたら教へてください借家さへあれば一月から鎌倉へ住みます貧乏だから十五円くらいでなくつちやいけませんそれから寝坊だから停車場に近くないと困ります（中略）／新年号のあとで大阪毎日を頼まれたので弱つてゐます鎌倉へ行つたら、高浜さんへつれて行つて下さいい句でもやつて閑寂に暮したいいと思ひます

龍之介は鎌倉で住む「借家」を探してくれるよう菅忠雄に依頼している。住むところを探してくれるように知人に依頼するのは、前回、田端から鎌倉へ移るときと同じである。ただし、前回は貸間探

しであった。龍之介は独身なので、貸間でよかった。だが、今回は文と結婚し、一緒に住むので、「借家」となったのである。

この書簡で注目すべきことは、龍之介が末尾で「鎌倉へ行つたら高浜さんへつれて行つて下さい」と述べていることである。これが龍之介の書簡に高浜虚子の名前が出てくる最初である。前回、田端から鎌倉へ移る際、知人への書簡の中で虚子に言及することはなかったのに、今回、横須賀から鎌倉へ移る際、知人への書簡の中で虚子に言及している。明らかに龍之介は虚子を意識している。どうしてこういうことが起こったのであろうか。龍之介の心の中に、文と結婚したら、鎌倉に長く住むのだから、すでに鎌倉にいる『ホトトギス』の主宰者高浜虚子とつきあい、「句でもやつて」みようという思いが生じたためであろう。同じ鎌倉への転居でも、一回目の田端から鎌倉へ移る時と、二回目の横須賀から鎌倉へ移る時とでは、大きな違いがある。とすれば、文との結婚は、龍之介の文学活動に大きな影響を与えたことになる。

大正七年二月二日、龍之介は文と結婚式をあげ、三月二十九日、鎌倉大町字辻の小山別邸内に転居する。五月七日、龍之介は府立三中の一年後輩で貿易商として成功した原善一郎に手紙を書く。龍之介は善一郎からもらった「御祝いもの」のお礼や教師生活が楽でないことなどを述べたあと、次のように書いている。

もう二三日すると東京へ入学試験の成績調査に出張しますそれから月末に兵学校を参観に出かけます中々忙しいその中で書くんだから小説だつて甚気乗りのしないものしか出来ません／尤も高浜さんを先生にして句を作る位な閑日月はあるのです君がまだ俳句を続けてゐるのなら連座で

もしませうか

注目すべきことは、龍之介がここでもやはり書簡の末尾に高浜虚子のことを書き添え、「高浜さんを先生にして句を作る」と述べていることである。俳句雑誌の場合、投句し、主宰者の選をうけることは、主宰者を「先生」と見ることを意味している。ということは、この時点で龍之介が高浜虚子主宰の『ホトトギス』へ投句し、虚子の選を受けていたととれるのである。龍之介は虚子に師事したと言ってもさしつかえあるまい。

もう一つ、資料をあげよう。大正七年五月十六日付小島政二郎宛書簡がそれである。龍之介は「入学試験」のこと、執筆中の『地獄変』のこと、学校まで来る「雑誌記者」のことなどについて述べたあと、やはり末尾に次のような文章を添えている。

此頃高浜さんを先生にして句を作つてゐます点心を食ふやうな心もちでです一つ御目にかけませうか

またも高浜虚子が出ている。「高浜さんを先生にして句を作つてゐます」から、龍之介は虚子に完全に師事したと言ってよい。

「句を作る」ことが「点心を食ふやうな心もち」とはどういう意味であろうか。「点心」とは「正式の食事の前にとる簡単な食事[3]」のことである。とすれば、龍之介にとって「句を作」ることは「簡単な食事」をとるようなものということになる。では、龍之介にとって何が「正式の食事」になるのであろうか。はっきりしている。小説である。「点心を食ふやうな心もち」という比喩表現は、龍之介における俳句と小説の関係を実に巧みに示していて興味深い。

三

論を元に戻そう。龍之介の『ホトトギス』「雑詠」欄への投句状況はどういうものだったのだろうか。未調査というわけではない。既に調査がなされている。そして、『ホトトギス』「雑詠」欄に載った龍之介の句は、全て『芥川龍之介全集第三巻』（'96・10、岩波書店）に収録されている。それらの句を次にあげておこう。なお、句の上の番号は筆者が便宜上つけたものであり、句の下の年月は『ホトトギス』の発行年月である。

①熱を病んで桜明りに震へ居る　（大7・5）
②冷眼に梨花見て轎を急がせし　（同）
③裸根も春雨竹の青さかな　（大7・6）
④蜃気楼見むとや手長人こぞる　（同）
⑤暖かや蕋《しべ》に蠟塗る造り花　（同）
⑥干し傘を畳む一々夕蛙　（大7・7）
⑦水の面たゞ桃に流れ木を湖へ押す　（同）
⑧鉄条《ぜんまい》に似て蝶の舌暑さかな　（大7・8）
⑨日傘人見る砂文字の異花奇鳥　（同）
⑩青簾裏畑の花を幽《かすか》にす　（同）

⑪秋風や水干し足らぬ木綿糸　（大7・10）
⑫黒く熟るゝ実に露霜やだまり鳥　（同）
⑬燭台や小さん鍋焼を仕る　（大7・12）
⑭癆咳《ろうがい》の頬美しや冬帽子　（同）
⑮青蛙おのれもペンキぬりたてか　（大8・3）
⑯怪しさや夕まぐれ来る菊人形　（同）
⑰もの言はぬ研師の業や梅雨入空《ついりぞら》　（大8・8）
⑱夏山やいくつ重なる夕明り　（大9・1）
⑲濡れ蘆や虹を払つて五六尺　（同）

「後記」の記述をも参照し、まとめれば、次のようになる。

(1)俳号は①と②の句が載った大正七年五月号のみが「椒図」で、他の号は全て「我鬼」である。

(2)期間は大正七年五月号から大正九年一月号までの一年六ヶ月である。もっとも、句が掲載されたのは、毎月ではなく、断続的であり、総回数は九回である。

(3)掲載された句の総数は十九句である。

四

以上の十九句のうち、本稿では、①と②の句をとりあげることにする。

①熱を病んで桜明りに震へ居り　（大7・5）
②冷眼に梨花見て轎を急がせし　（　同　）

まず、俳号について述べておきたい。この二句のみ、私達におなじみの「我鬼」という俳号ではなくて、「椒図」という俳号で発表されている。龍之介はどうして『ホトトギス』「雑詠」欄初投句に際して「椒図」という俳号を使ったのであろうか。それは龍之介が若い頃、「椒図」という雅号を使っていたからである。未定稿『白獣』の冒頭に「嘗、椒図と云ふ号をつけたことがある。椒図とは、八犬伝によると黙するを好む龍だと云ふ」(4)とある。龍之介は他の人から聞いたり、読書によって知ったりした妖怪談をノートに収録し、『椒図志異』という題名をつけているほどである。

『ホトトギス』「雑詠」欄初登場句である①と②の句を、「椒図」という俳号で発表していたことは、龍之介俳句の研究に影響を与えることになる。どういうことかというと、この二句は『芥川龍之介全集第九巻』（'78・4、岩波書店）には収録されていないのである。「我鬼」という俳号で発表された句は十七句全部収録されているのだからおかしい。もっとも、『芥川龍之介全集第九巻（前出）の「後記」

には「ホトトギス『雑詠』欄」の解説があり、「大正七年（一九一八）六月から同九年一月まで雑誌『ホトトギス』の虚子選による『雑詠』欄に掲載された芥川の句をまとめた」と記されているから、大正七年五月号に「椒図」という俳号で発表された①と②の句が収録されていないのはやむを得ない。しかし、これは同時に『芥川龍之介全集第九巻』（前出）の編集担当者が『ホトトギス』「雑詠」欄に「椒図」という俳号で発表されていた龍之介の俳句を見落としていた、または、無視していたということを意味している。

こういう状況の中で、松崎豊が①と②の句をとりあげて、「『ホトトギス』五月号に椒図《しょうと》の号で二句初入選した句で、翌月の六月号から我鬼の俳号を用いるようになり、俳句熱に拍車をかけるようになるのである[5]」と述べていることは注目に値する。もっとも、「椒図」は「しょうず」、または、「しゅくと[6]」と読むようであるから、松崎豊が「椒図」に「しょうと」をルビをふったのは、不適切ということになろう。

それはさておき、松崎豊の文章は一九七八年十一月に発表されている。『芥川龍之介全集第九巻』（前出）が刊行されてから七ヶ月後の発表ということになる。早い。こういう発言があったためであろうか、『芥川龍之介全集第三巻』（前出）には、『ホトトギス』大正七年五月号に「椒図」という俳号で掲載された①と②の句も収録されている。こういう変更は龍之介の俳句を研究するうえで望ましいことである。

次に、当時の『ホトトギス』「雑詠」欄の投句数について触れておきたい。投句できるのは「一人二十句以下」である。投稿規定に「用紙半紙。一人二十句以下。半紙一枚に十句認めて二枚綴ぢたるもの最も見易し」（『ホトトギス』、大7・3）とある。龍之介の『ホトトギス』「雑詠」欄への初投句数は、「十句」程度である。龍之介は「わが俳諧修業」に「十句ばかり玉斧をこひし所」と書いている。「十句ばかり」の句のうち、また『わが俳諧修業』から引けば、「二句御採用になる」。①と②の句がそれである。

それから、『ホトトギス』「雑詠」欄における龍之介の位置についても述べておきたい。二句「採用」された「椒図」こと龍之介の順位は二十位である。この号の投句者総数は九十七人。三分の一以内に入っているから、一応上位ということになる。なお、前の十九位は二句のかな女（長谷川）、後の二十一位は二句のとしを（高浜、虚子の息子）である。参考のためにこの号の巻頭、次席、三位もあげておく。巻頭は八句のはじめ（島村）、次席は五句の楞童（清原）、三位は四句の橙黄子（楠目）である。なお、八位に三句の石鼎（原）が入っていることを付け加えておく。

五

①と②の句の中に入っていきたい。ここで参考になるのが、小室善弘の次の指摘である。「（筆者注、龍之介の）作句の多くは、友人、知人との交信の中でおこなわれたもので、筆まめにしたためられた書簡がこの人の作句の場となっていた、といってよかろう(7)」。的確な指摘と思われる。そこで私も①と②の句について考える際、龍之介の書簡を参照していくことにする。こうすることによって、二つの句の成立状況、背景、意味などが明らかになると思われる。

大正七年三月下旬、龍之介が横須賀から鎌倉へ移ったことは前述のとおりである。ここで、同年四月七日付久米正雄宛書簡を紹介しよう。なお、句の上の記号は筆者が便宜上書き込んだものである。

春五句

㋐酒饐《す》えつ日うらの桜重ければ
㋑遅桜卵を破《わ》れば腐り居る
㋒熱病んで桜明りに震へ居る

×

㋓冷眼に梨花見て轎を急がせし
㋔人行くや梨花に風景暗き村

まだ「毎日」の小説が出来上がらない　くさくさしたから句を作つた

注目すべきことは、「春五句」という前書をつけて書きつけられた五つの句の中に①と②の句が入っていることである。つまり、㋒の句が①の句である。もっとも、①の句の上五の「熱を病んで」は、㋒の句では「熱病んで」になっていることに注目したい。そして、㋓の句が②の句である。

①（㋒）の句から考えていこう。五句のあとに出ている文章に注目しよう。「くさくさしたから句を作つた」とある。なぜ、龍之介は「くさくさした」のであろうか。前の文「まだ『毎日』の小説が出来上らない」が関係している。「毎日」の「小説」とは、龍之介が『大阪毎日新聞』に始めて連載で発表した『地獄変』のことである。これから、『地獄変』が「出来上らない」で「くさくさした」状態のときに、龍之介が①（㋒）の句や他（㋒、㋑、㋓、㋔）の「句を作った」ことがわかる。

確かに、書簡の句には「くさくさした」状態を窺わせるような語（句）が使われている。㋐の句には、腐った「酒」を連想させる「饐え」た「酒」が詠まれている。背景として「日うら」、つまり、日陰の「桜」が描かれ、しかも、その「桜」は「重」いと詠まれている。「饐え」た「酒」も「日うら」の「重」い「桜」も「くさくさした」龍之介の姿を暗示している。

㋑の句では、背景として新鮮な早桜ではなく、時期遅れで新鮮味のない「遅桜」が配置されている。そして、「破」ったところ、「腐」っていた「卵」が詠まれている。「遅桜」、「腐」っていた「卵」は、これまた「くさくさした」龍之介の姿を暗示している。

そして、問題の①㋒の句がくる。㋐の句と㋑の句では、龍之介の姿は「酒」、「桜」、「卵」などで暗示されて詠まれていたが、①㋒の句では、龍之介自身が直接詠まれている。龍之介は「病んで」「熱」を出している。部屋からは庭、または、外の「桜」が見える。「桜」の花が咲くと、あたりは華やかになり、「明」るくなる。しかし、龍之介ははなやいだ気持ちにはなれない。それどころか、寒気がするのか、「震へ」て「居る」。こんな龍之介の様子が浮かんでくる句である。なお、付け加えておけば、「熱」を出し、「病ん」でいる龍之介の「震へ」とは、体の「震へ」だけでなく、心の「震へ」をも示しているようである。

ここで、大正七年四月二十四日付薄田泣菫宛書簡を紹介しよう。

過日来神経疲労の為一切読書きを廃してゐたので例の件の纏まつた御礼も申上げず甚恐縮しました実はまだ頭の調子が少し悪いのです「地獄変」は有島さんのがまだ中々すみさうもないから安心してゐたのですあと少しですから勉強して二三日中に送りますあれはいやにボンバスティッ

クで気にくはない作品ですが乗りかかつた舟だから仕方がありません（中略）とりあへず御返事まで

病中

熱を病んで桜明りに震へゐる

前に引いた大正七年四月七日付久米正雄宛書簡から十七日後に書かれたこの書簡において重要なことは、龍之介が自分の変調を「神経疲労」と明言していることである。少し後では「頭の調子が少し悪いのです」とも断言している。とすれば、龍之介の変調は身体的側面よりも精神的側面のほうが濃厚と言ってよい。だから、書簡の末尾にある①㋒の句（ここでは下五の「震へ居る」は「震へゐる」に変更されている）は、たとえ、「病中」という前書があっても、上五が「熱を病んで」であっても、身体の「病」いというよりもむしろ精神面の「病」いの句ととるべきである。とすれば、「震へ居る」のは、やはり、龍之介の精神、「神経」ということになる。

それから、この書簡の中にはっきりと『地獄変』が出ていることも重要である。龍之介はこの時点でも『地獄変』を書き終えていない。『地獄変』執筆の苦しみと龍之介の精神、「神経」の変調とは密接なつながりがあることがよくわかる。

結局、①㋒の句「熱に病んで桜明りに震へ居る」は、「桜」がきれいな時期でありながら、『地獄変』執筆に苦しみ、「神経疲労」に陥り、「神経」を「震」わせている龍之介自身の姿を正直に描き出している句と言える。つまり、①㋒の句は龍之介の自画像なのである。視野を広げて①㋒の句を見ると、この句は「神経疲労」に悩みながら、文学活動を続けていくことになるその後の龍之介の姿をもあざやかに提示している。龍之介の小説は、晩年の筋を作らない小説をのぞけば、ほとんどが虚構の作品である。龍之介は自分を直接、作中に描き出すことはしない。しかし、龍之介は俳句という、料理で言えば「点心」のような作品の中に現在と将来の自分の姿を正直に表出したのである。①㋒の句は、虚子の選を経て、『ホトトギス』「雑詠」欄に載った。だから、虚子は①㋒の句を評価したと言える。しかし、龍之介は①㋒の句を『澄江堂句集』には収録しなかった。これは龍之介がマイナスの自分の姿が正直に表現されているところを良しとせず、①㋒の句を選ばなかったからであろう。だが、苦しむ龍之介の姿がよく出ているがゆえに、私は①㋒の句を佳句と思う。

六

②の句「冷眼に梨花見て轎を急がせし」に移る。もう一度、大正七年四月七日付久米正雄宛書簡を見よう。「春五句」という前書を持つ五つの句の中の㋓の句が②の句である。この句のあとにもう一句「梨花」を詠んだ句がある。㋔の句「人行くや梨花に風景暗き村」がそれである。そして、最後に「くさくさしたから句と作つた」という文が添えられている。

この頃、龍之介は『大阪毎日新聞』に連載している『地獄変』が「出来上らない」ので、「くさくさした」状態に陥っており、彼が「くさくさした」状態で①㋒の句や他㋐㋑㋓㋔の「句を作つた」ことは前述した。ということは、龍之介は㋓の句、つまり、問題の②の句も『地獄変』が「出来上らない」ので、「くさくさした」状態で「作った」ということになる。

確かに、書簡の句には「くさくさした」状態を窺わせるような語（句）が使われている。㋔の句では「暗き村」が詠まれている。そして、問題の②㋓の句では、「冷眼」が使われている。

ここで、②㋓の句の中に入っていくことにしたい。一句の主人公は「轎」に乗ってどこかへ向かっている。「轎」とは駕籠（かご）のことである。㋔の句に「村」が出ているから、駕籠が進んでいく道は、町の中の道ではなく、「村」の中の道である。「村」の道なら、「梨花」を見ることもある。「梨花」は白い。一斉に咲くときれいである。こういう「梨花」を駕籠の中から「見」た主人公は、駕籠を止めてもっとゆっくり「見」たかったであろう。しかし、「急」ぎの道中である。主人公は徒歩ではなく、駕籠に乗っているのだから、「急」いでいるととってさしつかえない。駕籠を止めるわけにはいかない。それで「冷眼に梨花を見」るだけにとどめたのである。ちなみに「冷眼」とは「ひややかに人を見る目つき」(8)をいう。ここでは「人」のところに「梨花」を入れればよい。すると、「冷眼に梨花見て」は「ひややかに梨花を見て」ということになる。下半分の「轎を急がせし」は駕籠をかついで走っている駕籠舁きに先を急がせたということである。以下をまとめれば、②㋓の句からは、駕籠に乗っている主人公が駕籠の中から道端の「梨花」を「見」、もっと「見」たいと思ったが、「急」いでいるので「ひややかに」「見」るだけにとどめ、先を「急がせ」たというような情景が想像できる。今、私は「想像できる」と書いたが、龍之介も②㋓の句において、実際に体験したことは詠んではおらず、駕籠に乗った道中を想像して作ったように思われる。

ところで、私が述べてきた以上のような②㋓の句の説明には、実は難点がある。『地獄変』執筆がはかどらず、「くさくさした」状態の龍之介によって作られた句でありながら、私の説明には『地獄変』が出てこないからである。もう少し考えなければならない。

ここで、大正七年四月二十九日付松岡讓宛書簡をとりあげてみたい。②(エ)の句が出てくる。

拝啓其後愈脳神経衰弱と確定当分一切を抛下して遊ばうかと思つてゐるが公務は相不変多いし(現に「米国の海軍教育」なるものの字句修正をやつてゐる)入学試験問題調査の期は迫るし悲観してゐる(中略)僕を見てゐる医者は臭ボツをのみ人参をのみ散歩ばかりをしてゐろと云ふんだがさうまくは行きはしないおまけにその中で兎に角毎日の小説だけは片づけなければならない始末だ、

書懐

冷眼に梨花見て轎を急がせし

冒頭の「脳神経衰弱と確定」から、当時の龍之介の状態がよくわかる。「脳神経衰弱」こそが龍之介の「くさくさした」状態の正体であった。

②(エ)の句は、ここでは「書懐」という前書をつけて書き添えられている。しかし、この前書には重大な問題がある。それは「書懐」という語が各種の国語辞典に出ていないことである。[9] ただし、「所懐」という語はある。「心におもうところ」[10]という意味である。龍之介は「所」と書くべきところを「書」と書いてしまったようである。とすれば、誤記ということになる。

では、なぜ、龍之介は誤ってしまったのだろうか。理由がないわけではない。ヒントになるのは、書簡の文章の中の「兎に角毎日の小説だけは片づけなければならない始末だ」である。この中の「毎日の小説」という語句は、四月七日付久米正雄宛書簡にも出ている。すでに説明しておいたが、繰り返せば、『大阪毎日新聞』に連載中の『地獄変』のことである。『地獄変』という作品名は、四月二十四日付薄田泣菫宛書簡にも出ていた。「『地獄変』は有島さんのがまだ中々すみさうもないから安心してゐたのですあと少しですから勉強して二三日中に送りますあれはいやにボンバスティックで気に食はない作品ですが乗りかかつた舟だから仕方ありません」がそれである。龍之介は『地獄変』を書き進めることができず、苦心していた。小説を「片づけ」るということは、小説を書き終えるということを意味する。龍之介は『地獄変』を「片づけなければならない」と、つまり、書き終えなければならないと強く思い続けていた。こういう強迫観念にとらわれていたので、「所懐」と書くべきところを「書懐」と書いてしまったのではあるまいか。

こう考えると、②㊁の句の解釈も前とは少し変わってくる。句の中の「梨花」を「公務」（「米国の海軍教育」という本の翻訳の「字句修正」や「入学試験問題調査」など）ととってみよう。そうすると、一句の意味は、さまざまな「公務」を「冷眼」に、つまり、「ひややかに」「見て」、『地獄変』の執筆を「急」ぐということになる。この場合、句の主人公が「轎」、つまり、駕籠に乗っているかどうかということはもはや問題ではない。「公務」に距離を置き、とにかく『地獄変』の執筆、完成を「急が」なければならないと思い、焦る龍之介の心象風景だからである。以上は②㊁の句を『地獄変』の執筆と関係づけて考察したものである。

もう一つ、視野を広げて②㊁の句を見る見方を出しておこう。「梨花」を、〈人間〉または〈人生〉と考えてみよう。そうすると、この句は「冷眼に」、つまり、「ひややかに」、〈人間〉や〈人生〉

を「見」つつ、精力的に文学活動を続け、「急」ぐかのように死んでいった龍之介の姿と重なってくるではないか。龍之介は生の〈人間〉や実際の〈人生〉よりも書物（文学）の中の〈人間〉や〈人生〉を好んでいた。これは生の〈人間〉や実際の〈人生〉を「ひややかに」「見」ることである。晩年の『侏儒の言葉』（『文藝春秋』、大12・1〜同14・11）の中には、「ひややかに」〈人間〉や〈人生〉を観察することから生まれた鋭い言葉が数多く入っている。龍之介は数多くの書物（文学）を読み、自分も数多くの文学作品を書き、昭和二年七月二十四日、三十五歳の若さで自殺した。これはまぎれもなく龍之介が自分の〈人生〉を「急」いだということである。こう見てくると、②㊁の句も、①㊀の句と同じく、のちの龍之介の姿を早々と暗示していると言える。

ただし、①㊀の句と②㊁の句とでは、龍之介の自分の姿の提示の仕方に違いがある。①㊀の句では、龍之介は「震へ居る」というように自分の姿を正直に詠んでいる。従って、龍之介の姿はわかりやすい。一方、②㊁の句では、龍之介は自分の姿を正直には詠んでいない。句の主人公は駕籠に乗り、いろいろな意味にとれる「梨花」を「冷眼に」「見て」は先を「急がせ」ている。これは間接的、婉曲的、虚構的な表現方法である。龍之介の姿はわかりにくい。しかし、②㊁の句のような表現の仕方こそ、龍之介が小説を執筆するときに用いた方法である。龍之介はほとんどの小説において、自分の姿を作中に直接、表現することはなかったのだから。①㊀の句と②㊁の句は対照的な方法で龍之介の姿を示している。言えることは、方法は違っていても龍之介の姿であることには間違いないということである。

①「熱を病んで桜明りに震へ居る」の句も②「冷眼に梨花見て轎を急がせし」の句も、高浜虚子の選を経て、『ホトトギス』「雑詠」欄に掲載された。しかし、『澄江堂句集』には収録されなかった。そのためであろうか、掲載後、現在に至るまでとりあげられることはほとんどなかった。しかし、この二句を無視したり、軽視したりしてはいけない。今回、この二句をとりあげ、龍之介の書簡を参照しつつ、検討した結果、この二句には、発表時の龍之介の姿だけではなく、その後の龍之介の姿までもが提示されていたからである。

七

注

（1）村山古郷編『芥川龍之介句集　我鬼全句』（平3・4、永田書房、二四二頁）
（2）伊藤一郎「俳句」（関口安義・庄司達也編『芥川龍之介全作品事典』、平12・6、勉誠出版、四二五頁）
（3）関口安義「注解」（『芥川龍之介全集第十八巻』、'97・4、四〇五頁）
（4）『芥川龍之介資料集図版2』（'93・11、山梨県立文学館、三九頁）
（5）松崎豊「芥川龍之介―余技俳人とは―」（『わが愛する俳人第三集』、'78・11、一六六頁）
（6）菊地弘・久保田芳太郎・関口安義編『芥川龍之介事典』（昭60・12、明治書院）の「椒図志異」の項を見ると、「しょうずしい」という読み方が出ている。
関口安義・庄司達也編『芥川龍之介事典』（前出）の「椒図志異」の項を見ると、「しょうずしい・しょくとしい」という読み方が出ている。

(7) 小室善弘『芥川龍之介の詩歌』('00・8、本阿弥書店、一一頁)

(8) 新村出編『広辞苑第四版』('91・11、岩波書店、「冷眼」の項)

(9) 私が参照した辞典は次の六種類である。

大槻文彦著・大槻茂雄補『新言海第一版』(昭34・2、日本書院)

西尾実・岩淵悦太郎・水谷静夫編『岩波国語辞典第三版』('79・12、岩波書店)

松村明編『大辞林第二版』('88・11、三省堂)

新村出編『広辞苑第四版』(前出)

梅原忠夫・金田一春彦・阪倉篤義・日野原重明『日本語大辞典第二版』('95・7、講談社)

松村明監修『大辞泉』('95・12、小学館)

どれにも「書懐」という語は出ていない。

(10) 西尾実・岩淵悦太郎・水谷静夫編『岩波国語辞典第三版』(前出、「所懐」の項)

II 「主治医」の見た龍之介—『薇』の俳句を中心に—

一

日本の近代の文学者には、小説を書きながら、俳句を作った人々が多い。森鷗外、尾崎紅葉、幸田露伴、夏目漱石、巌谷小波、泉鏡花、永井荷風、中勘助、室生犀星、内田百閒、久米正雄、小島政二郎、滝井孝作、横光利一、石川淳、久保田万太郎……と枚挙にいとまがない。(1)

芥川龍之介もその一人である。『澄江堂句集』(昭2・12)を残している。この句集は、自殺した龍之介の葬儀のあと、遺族によって香典返しとして作られたもので、生前の龍之介が厳選した句を七十七句収めている。また村山古郷編『芥川龍之介句集　我鬼全句』(昭51・3、永田書房)が刊行されている。これには、約一千余句が収められている。

しかし、私がこれからとりあげるのは、龍之介の俳句ではない。龍之介のごく近くにいた人物の俳句である。

その人物は、下島空谷《くうこく》（本名勲《いさおし》、明3―昭22）という。長野県に生まれ、上京、慈恵医学校を卒業し、軍医となり、日清、日露戦争に従軍、のち、東京の田端に開業した医者であった。医業のかたわら、俳句に親しみ、故郷の放浪俳人井上井月の句を集めて『井月の句集』（大10・10）を編んだり、句集『薇』（昭15・5）を上梓したりしている。つまり、医者兼俳人ということになる。

医者兼俳人というのは、珍しくはない。金子伊昔紅、水原秋桜子、高野素十、増田手古奈、横山白虹、西東三鬼、下村ひろし、平畑静塔、北垣一柿、藤後左右、相馬遷子、村上冬燕、庄中健吉、高橋沐石、堀口星眠、阿部完市……というように数が多い。

重要なことは、下島空谷が「芥川龍之介と懇意になり、主治医となり、龍之介の終焉をみとった[2]」（傍点は筆者。以下同じ）ことである。「主治医」ほど、龍之介に近い存在はあるまい。龍之介の実生活をよく見、よく知っていた筈である。では、空谷の眼に映った龍之介の姿はどういうものであったのだろうか。

二

これを述べる前に、空谷と龍之介の関係について触れておきたい。

まず、出会いから。空谷は龍之介との出会いを次のように述べている。

芥川君と私の関係でありますが、それは同じ田端に偶然住むやうになり、医者としての私はその職務の上から彼が帝大卒業の年ごろから懇意になつたのであります。

初め芥川君を知つた時分の私は、まだ野狐の臭さ味など取れきれない頃で、今から考へるとかなり変物に見えたことでありませう。勿論今でも変物にかはりありませんが―併し若い新進の文学者には、かへつて其変物が或は興味を惹いたのかも知れません。尤も私といふ人間も、文学や美術にはまんざら趣味のない方ではなかつたから、親子ほど年は違つてゐましたが、よく話も合ひますので、忽ちの間に懇親になつてしまひました。――実を申しますと当時としては、何となく理想の中で求めてゐた人にでも、偶然逢つたやうな心持ちがしたのであります(3)。

ここから、空谷と龍之介が最初は「偶然」からつき合い出しながら、ともに相手に「惹」かれたこと、また、「興味」(「文学や美術」)が同じで、「よく話も合」うことなどの理由から、「親子ほど年は違つてゐ」ても、「懇意」「懇親」になっていたことがよくわかる。

なお、付け加えておけば、芥川家が府下豊島郡滝野川町字田端四三五番の新築の家に入ったのは大正三年七月末、龍之介が「田端で開業していた下島勲の診察を初めて受け交流が始まる」のは大正四年の「年末(4)」、龍之介が東京帝国大学文科大学英利吉文学科を卒業したのは大正五年七月であった。

次に、空谷と龍之介の関係がどういうものであったかを簡潔にまとめていると思われる空谷の言葉をあげよう。

芥川氏と私とは十二年の長い間の接触で単に医者としてばかりでなく、老友として、また年こそ違へ私の師として、種々の教へを受けてゐたのである(5)。

つまり、空谷と龍之介の関係は、「医者」と患者の関係にとどまらず、「友」と「友」の関係、「師」と弟子の関係でもあった。

空谷が龍之介から「受けてゐた」「種々の教へ」の一つに句作上のそれがある。これを裏付ける空谷の言葉をあげておこう。空谷は自分と俳句との関わりの歴史を振り返って次のように述べている。

私は青春時代から俳句が好きで、常に心を放れぬ趣味の一つであつた。勿論時代関係からいつても、子規から影響されたことは言ふまでもない。併し幸か不幸か俳句の師といふものがなかつたので——尤も古人今人師とすべきは皆師ではあるが。他の俳人のやうに傾向とか主張とかいふものゝ渦中に巻きこまれずにすんだ（中略）。

だから、芥川君や室生君と俳句を談るようになつてから、始めて真剣に古俳句の再吟味も試み、また比較的純な心から俳句を始めたといつたやうなわけで、私の中の俳人はやはり、芥川室生の両君に負ふところが多いのである。(6)

前段では「俳句の師といふものがなかつた」と述べながら、後段では芥川龍之介と室生犀星をあげ、「両君に負ふところが多い」と述べていることに注目したい。

では、龍之介と犀星のうち、どちらが空谷に強い影響を与えたのだろうか。空谷は明言していない。しかし、推測はできる。龍之介のほうである。引用した一節の前で、空谷は、犀星が最初は俳人としては「新傾向の臭ひの高い人」であったにもかかわらず、龍之介との「交友が深くなるにつれ」、そうでなくなっていったことを指摘している。ということは、犀星さえも龍之介の影響下にあったと空谷が考えていたということである。こういう空谷にとって、犀星よりも龍之介が重要だったに違いない。とすれば、空谷にとって龍之介が句作上の「師」であったと考えてよい。

三

空谷の眼に龍之介がどう映っていたのかは、すでにいくつか引用文をあげてきたことからもわかるように、空谷が書いた文章を読めば、たどれる。というのは、空谷は随筆家でもあって、数多くの随筆を書いており、それらの中には龍之介に言及したものがけっこうあるからである。空谷が龍之介について書いた随筆は、最初、『人犬墨』（昭11・8、竹村書房）、『鉄斎其他』（昭15・12、興文社）に、のち、まとめて『芥川龍之介の回想』（昭22・3、靖文社）に収められている。

しかし、空谷は句作を好んだ。前述のごとく、『薇』という句集までも上梓している。『薇』について、室生犀星は「跋」の「『薇』のあと」において、「空谷山人のなにものにも代へがたい生涯的なお仕事ではなかつたか」と述べ、『薇』を高く評価している。『薇』の中には、龍之介が詠まれた句が散見する。従って、本稿では、主に『薇』所収の俳句を、補助的に随筆をとりあげ、空谷の見た龍之介の姿を追っていくことにしたい。

句に入る前に、『薇』について述べておく。

『薇』は私家版句集である。奥付によれば、昭和十五年五月十五日、東京の興文社から非売品として定価の明記がないまま、限定二百部上梓されている。

表紙はハードカバーではなく、薄いものである。四つの穴に糸を通して綴じられている。そして「句集薇」と句集名が印刷されている。

表紙をめくると、ひらがなの「ぜんまい」という文字とスケッチふうに描かれた薇の絵が目にとびこんでくる。これで、句集名が漢字とひらがなで二度示されたことになる。

空谷が自分の句集に『薇』という題をつけたのは、句集の中に薇を詠んだ句が入っているからである。「薇の綿からぬけて暖かき」がそれである。この句について、空谷は『薇』の「薇の後記」において、「芥川龍之介君は、私の薇《ぜんまい》とほろ寒き[7]の句を推賞し、殊に薇の句は、――これにまさる句は恐らく出来ないだらう、などと言つてゐた」と記している。ここから、龍之介が空谷の俳句の中で「薇」の句をもっとも高く評価していることがわかる。年下ながら「師」と仰ぐ龍之介によって、自分の「薇」の句を賞讃された空谷は、よろこんで自分の句集名を『薇』としたものと思われる。

「目次」から、句の配列がわかる。かっての句集の多くがそうであったように、年代順ではなく、季節順である。「目次」には、収録句数も載っている。以下、両方示そう。新年十二句、春四十句、夏四十四句、秋四十一句、冬二十七句、合計一六四句[8]である。原則として、一頁に二句ずつ入っている。

『薇』には、野上豊一郎が執筆した「序」がついている。野上は『薇』の収録句の特色をあげ、「悉く先生が実生活の実感ならざるはなく、洵に空谷逸民の面目躍如たるものあり。殊に巻中しばしば知友の影像の描き出さるる者ありて、興趣の更に竭くるを知らず」と述べている。では、どういう「知友」、または、人物が出てくるのであろうか。収録句を調べ、判明した人物名のうち、主要な人物名をあげておこう。芥川龍之介、堀辰雄、室生犀星、小杉放庵、室賀春城、小穴隆一、相馬御風、菊池寛、久保田万太郎、正岡子規、松尾芭蕉、泉鏡花、井上井月、明治天皇、野上豊一郎、小林一茶、山村暮鳥、香取秀真、島木赤彦らがそうである。このうち、もっとも多く出てくるのが、龍之介である。遺漏がなければ、龍之介は九句に出てくる。これは、やはり、空谷が「主治医」として龍之介のごく近くにいた人物であったからにほかならない。

四

以下、『薇』の中の、龍之介が出てくる句をとりあげ、補助手段として空谷の随筆を使いつつ、空谷がとらえた龍之介について述べていくことにする。なお、句の順番は『薇』に出てきた通りではなく、並べ変えてある。句の上の数字は通し番号である。

①元日のいよいよ熱き置き炬達

「澄江堂にて　芥川君の熱き炬達を好みしは有名なり」という前書がついている。

「澄江堂」は、大正十年七月、中国旅行から帰ってきた龍之介が、前から使っていた「我鬼」に代えて使い始めた雅号である。そして、芥川家の書斎の額「澄江堂」の揮毫をしたのが、空谷であった。空谷は書も好んだ。

「澄江堂」の揮毫については、次のような興味深い経緯がある。龍之介が揮毫を依頼したとき、空谷は「一応辞退」する。

なぜといふに、（筆者注、龍之介は）当時既に大家として押しも押されもしない盛名をはせてゐたから、も少しその盛名にふさはしい人の手になるものをといふ老婆心の動きと、また一つにはさま〴〵の人物が出入するから、その批評がさぞうるさからうと思つたからであつた。然しどうしても私に書けといふわけから、やむなく禿筆を揮つたのがこれである。(9)

空谷が書いた「澄江堂」の額は好評で、空谷はのち、堀辰雄、中野重治らの同人雑誌『驢馬』の題簽を書いたりすることになる。

①の句に戻ろう。空谷は「元日」、新年の挨拶にでも芥川家へ行き、「置き炬達」に足を入れたのであろう。その時、「置き炬達」が「熱」いことに気づき、この句を作ったのだ。龍之介は寒さに弱かったらしい。①の句から、空谷の眼には、龍之介がまるで猫のように映っていたらしいと推測できる。

②なで肩の痩せも縞絽の羽織かな

「ある日の芥川龍之介」（前書）の姿である。

私達が写真で見る龍之介はたいてい、和服を着ており、かつ、ほっそりしている。それがこの句からも十分窺える。これは、空谷の眼が鋭くとらえた「なで肩の痩せ」が単に龍之介の体の一部を示すだけでなく、彼の体全体をも暗示させることに成功しているからであろう。

ところで、②の句で龍之介が着ている「縞絽の羽織」は、もとは空谷のものであった。これが、龍之介のものとなった事情については、次のような愉快なエピソードがある。龍之介、山本有三、空谷の三人が新富座へ六代目菊五郎の芝居を見に行った時のこと。空谷は「昔流行った縞絽の羽織」を着ていた。すると、龍之介がしきりにほめる。そして、「呉れ」と言い出す。

私も突然のことで一寸まごついたが、それが冗談ではないらしいので――

『イヤお易い御用だ。早速進呈しませう。――これは大分前の流行品で、然も柄が若くて私のやうな老人にはもう一寸気恥かしくなつたから滅多に着ないのだがちようど季節ものでもあり、芝居見といふのだから今日はひとつ精々若返つて着て来たのですよ。成るほどスタリといふ物はないといふが、とんだイイ貰ひ手にありついて、羽織も運がイイし第一私が仕合せだ』

といつたところが、まるで児童か何かのやうに喜んではしやぎきつたあの稚気満々の芥川君が、まだ私の眼の前に彷彿します(10)。

私達は、龍之介というと、いかにも神経質そうな表情をしている龍之介を連想することが多い。無理もない。神経質であることは龍之介自身も認めていた。龍之介は「わが子等」にあてた遺書（全八項目）の七番目に、「汝等は皆汝等の父の如く神経質なるを免れざるべし。殊にその事実に注意せよ」と書いている。それがどうであろうか。前引の文章の傍点部の龍之介の姿には、神経質なところは全く見られない。見られるのは、天真爛漫、無邪気そのものの龍之介の姿である。龍之介にはそういう面もあった。それを空谷はちゃんと見ていたのである。

なお、②の句についている前書は『薇』のほうでは前述のごとく「ある日の芥川龍之介」だが、『芥川龍之介の回想』所収の「芥川君の日常」のほうでは「おもかげ」となっていることを付け加えておく。空谷は②の句を『薇』に収録するにあたり、前書を「おもかげ」から「ある日の芥川龍之介」へと変更したのである。しかし、この変更のおかげで、私達は『薇』に出てきた②の句が芥川龍之介を詠んだ句と決めることができる。

さて、龍之介の「わが子等に」あてた遺書に触れたので、ここで一気に龍之介の終焉の日に話をすすめることにしたい。

龍之介は昭和二年七月二十四日未明、田端の自宅で致死量の睡眠薬（ベロナアル、ジャール）を飲み、自殺を図った。

空谷はこの時の様子も句にしている。次の③〜⑨の句がそうである。ただし、③〜⑨の句のうち、『薇』に入っているのは、⑤と⑧の句だけである。③④⑥⑦⑨の句は『薇』には入っていない。これら五句は、念のため、『芥川龍之介の回想』所収の「芥川龍之介のこと」の初出（『改造』、昭2・9）にあたってみたところ、文尾に「芥川氏終焉の日」と題して、載っていたものである。空谷は初出の文を単行本に入れるとき、これら五句をカットしてしまったらしい。そして、当然なことに『薇』にも収録しなかったのである。しかし、龍之介の終焉の様子を伝える貴重な俳句なので、『薇』収録の句⑤⑧と並べて紹介しよう。前書はあとで紹介する。

③懐《ふとこ》ろの手紙はねとぶ浴衣《ゆかた》かな
④カンフルの注射の効《か》ひもなかりけり
⑤枕べのバイブルかなし梅雨くもり
⑥安らけき永久《とは》の眠りよ草の雨

⑦死顔《しがほ》描《か》く昼の灯《ともし》や夏の雨
⑧顔をてらす昼の燈しや梅雨くもり
⑨幻《まぼろし》を逐《おひ》をとしもなく明け易し

空谷は龍之介の終焉の様子を次のように記している。七月二十四日未明、空谷が床の中にいると、龍之介の伯母が呼びにくる。空谷は起き、自宅を出、芥川家へ向かう。

　近道の中坂へかゝると、雨の為赫土は意地悪く滑り加減になつてゐる。焦燥と腹だたしさの混迷境を辿つて、漸く転がるやうに寝室の次の間へ一歩這入るや、チラと蓬頭蒼白の唯ならぬ貌が逆に映じた。――㋐右手へ回つて坐るもまたず聴診器を耳にはさんで寝衣の襟を掻きあけた。と、左の懐ろから西洋封筒入りの手紙がはねた。と、㋑同時に左脇の奥さんがハツと叫んで手に取られた。遺書だなと思ひながら、直ぐ心尖部に聴診器をあてた。刹那、――微動、……㋒素早くカンフル二筒を心臓部に注射した。そして更に聴診器を当てゝ見たがどうも音の感じがしない。尚一筒を注射して置いて、瞳孔を検し、軀幹や下肢の方を検べて見て、体温はあるが、最早全く絶望であることを知つた。（中略）

（筆者注、「近親其他の方々」への）死の告知がすむと、急に何とも云はれぬ空虚を感じた。㋓が、ふと枕元に置いてあるバイブルに眼が付いた。手に取つて無意識に開いてゐると、小穴隆一君を思ひ出した。そこで急いで義敏君（甥君）を煩はすことにした。(11)

ここで前掲の③〜⑨の句に戻ろう。

③の「懐ろの手紙はねとぶ浴衣かな」には、「駆けつけて先づ心臓を聴かんとすれば」という前書がある。この前書や句中の語から、③の句が引用文中の傍線部㋐に相当することがわかる。句中の「懐ろ」は文中の「左の懐ろ」、「手紙」は「西洋封筒入りの手紙」、「はねとぶ」は「はねた」、「浴衣」は「寝衣」というように、ほぼ全て一致している。

④は「カンフルの注射の効ひもなかりけり」。前書は「絶望」という二字だけ。短いが、いかにも痛切。この句は傍線部㋓に相当する。前書の「絶望」、句中の「カンフル」、共に引用文中にも出ている。なお、この句には季語がない。

⑤の「枕べのバイブルかなし梅雨くもり」には、そのものずばり、「芥川龍之介逝く」という前書がついている。この句は傍線部㋓に相当する。ここから、句の中の「バイブル」が本当にあったことがわかる。

なお、この「バイブル」は『HOLY BIBLE 旧新約聖書』のことである。奥付によれば、初版は大正三年一月八日だが、大正五年四月二千部増刷されたものの一冊で、発行者は神奈川県横浜市山手町二二番地米国人エッチ・ダブルユー・スワールツ、発行所は神奈川県横浜市山下町五三番地米国聖書協会である。

それから、この「バイブル」には甥葛巻義敏の署名入りの一文がある。巻末見返しの文章の一部を引用しておく。「昭和弐年七月廿四日、早暁、彼（筆者注、龍之介）の枕頭にひらかれし聖書也。そのいづれの部分のひらかれしかは、もはや家人の取り片づけし後にて不明なり。たゞ、その前日迄絶筆『続西方の人』の稿をつぐため、用ひし聖書なり。」

空谷は意外に冷静であった。龍之介の死に直面しながら、「枕べのバイブル」を見逃していない。このあたり、いかにも医者らしい。

とはいうものの、空谷が実際は「バイブル」を「手に取つて無意識に開いてゐ」ただけなのに、句の中で「かなし」という主情的な語を使用していることにも注目したい。ふつう、句作においては、感情をそのまま露出させることばを使うことは適切でないとされている。俳句は抒情的な短歌と違って、寡黙な、禁欲的な文学だからである。なのに、空谷はあえて「かなし」と言っている。どうしてだろうか。これは、空谷が龍之介のそばでは医者として行動するのが精一杯だったのに、のち、句を作るときには、患者、友、師であった龍之介をなくした悲しみが心中に強く起こってきて、「かなし」と詠まざるをえなかったためであろう。

⑥の「安らけき永久の眠りよ草の雨」には、「検体を終へて」という前書がついている。⑥の句には季語がない。④の句に続いて二度目である。二度もとは、有季定型の句を作り、『薇』の句の配列を季節別にした空谷にしては珍しい。これは、龍之介の死に立ち会い、季語に注意をはらう余裕がなくなっていたためであろう。そして、無季の句のため、④と⑥の句は『薇』に入らなかったものと考えられる。

前引の文章の最後のほうに出てくる「小穴隆一君」とは、龍之介の親友小穴隆一のことである。特に晩年は親密で、龍之介の遺書の中にも名前が出てくる。そこで、その箇所をあげておく。傍線部㋑に戻ろう。この中の「西洋封筒入りの手紙」は、空谷の推測通り、確かに「遺書」（夫人文あて）であった。「一、生かす工夫絶対に無用」から始まり、「六、この遺書は直ちに焼棄せよ」で終わっている。

この「遺書」の「二」と「五」に小穴の名が出てくる。前者には「絶命後小穴君に知らすべし。絶命前には小穴君を苦しめ并せて世間を騒がす惧れあり」と、後者には「遺物には小穴君に蓬平の蘭を贈るべし」とある。それから、「わが子等に」あてた遺書（全八項目）の「三」には「小穴隆一を父と思へ。従つて小穴の教訓に従ふべし」とある。

小穴隆一は洋画家であった。大正十一年の二科会に龍之介をモデルにした「白衣」を出品している。空谷は義敏の連絡をうけて、芥川家にかけつけた小穴の様子を次のように記している。前引の文章の続きである。

　間もなく小穴君が来た。私がもう駄目だと告げたときの同君の顔は、何とも名状し難い悲痛そのものだつた。

　そこで最後の面影を写すべく、直ぐ画架を椽近くの適所に据えた。雨は音をたてゝ降り出した。薄暗い室内に電気の灯つてゐるのを気づいたのはその時である。(12)

「小穴隆一君枕辺に画架を据ゆ、雨暗憺」という前書を持つ⑦の句「死貌描く昼の灯や夏の雨」が、この場面の後段にもとづいていることは間違いない。これは、「永久に眠れる芥川龍之介」という前書がある⑧の句「顔をてらす昼の燈しや梅雨くもり」についても同じである。もっとも、⑧の句のほうが時間的には⑦の句よりもう少しあとであり、ややずれある。

以上から、⑦の句の「夏の雨」、⑧の句の「梅雨くもり」という天候がほぼ事実だったこと、また、⑦の句の「昼の灯」、⑧の句の「昼の燈し」が実在したことなどがわかる。空谷は句作のさい、ほとんどつくりごとはしない。龍之介の姿を追う際、空谷の俳句が良い資料となるのもこのあたりにある。

問題は、⑧の句の「顔」である。この「顔」は誰の「顔」であろうか。龍之介のそれであろうか。それとも、小穴のそれであろうか。「永久に眠れる芥川龍之介を写す小穴隆一」という前書をふつうに読めば、小穴の「顔」となる。しかし、この「顔」は小穴の「顔」とだけとらないほうがよいように思える。どうも龍之介の「顔」も示しているような気がしてならない。⑦の句をもう一度見ておきたい。上五の「死顔」は明らかに龍之介の「顔」である。とすれば、⑧の句の「顔」にも死んでしまった龍之介の「顔」が入り込んでいるように思われる。こうして、⑧の句の「昼の燈し」は、描いている小穴の「顔」も、死して動かない龍之介の「顔」も「てら」しているととれる。前書にあまりとらわれず、こう考えるほうが、小穴（生者）と龍之介（死者）の間に生じているであろう緊張感のようなものを立体的にとらえることができるように思える。

なお、小穴が描いた龍之介のデスマスクは、意外なことに、「晩年のどの写真からもうかがいえない安らかさを感じさせる」[13]。ここで、⑥の句「安らけき永久の眠りよ草の雨」を想起したい。画家小穴隆一が描いた絵の中の龍之介と、俳人下島空谷が作った俳句の中の龍之介が、「安らかさ」「安らけき」というようにぴたりと一致している。こういうことはそうはあるまい。

⑦の句は上五、中七の「死貌描く昼の灯や」のつながりが不自然で、かつ、下五の「夏の雨」がおざなりに見える。一方、⑧の句は上五、中七の「顔をてらす昼の燈しや」のつながりは自然で、かつ、下五の「梅雨くもり」という季語はおざなりには見えない。よって、句としては⑦の句より⑧の句のほうが良い。こういう事情から、⑦の句は『薇』に入らず、⑧の句が『薇』に入ったものと思われる。

⑨の句「幻を逐をとしもなく明け易し」には、「その夜」という前書がついている。この句は龍之

介ではなく、空谷の心理状態を詠んでいる。ただし、この句のような心理状態を記した空谷の文章には、私が調査したかぎりでは出会わなかった。従って、今までのようには引用しない。しかし、それでも、⑨の句から、龍之介を失った空谷の心中の苦しみは十分窺える。空谷の脳裏に「逐をとしもなく」たちあらわれる「幻」とは、ほかならぬ龍之介の「幻」だったからである。⑨の句は中七が字余りになっているが、カットされた五句のうちでは、佳句と言ってよい。下五の「明け易し」という季語も所を得て使われている。『薇』に入れてもよかったのに……と思う。

さて、『薇』所収の句に戻ろう。

⑩白百合にまたさめざめとうなだるる

「芥川龍之介惜別の菊池寛」(前書)の姿である。

菊池寛は龍之介の、一高以来の友人であった。昭和二年七月二十七日、東京の谷中斎場で執り行われた葬儀の際、友人総代として弔辞を読んでいる。この時、菊池は「芥川龍之介君よ」と呼びかけたまま、慟哭、しばらく、次の言葉を継げなかったらしい。これを空谷は実際に目撃し、「さめざめとうなだるる」と表現したのである。

上五の「白百合」は献花の中にあったものであろうが、単なる白い花ではなく、龍之介その人を示しているようにも思われる。

なお、大正十二年、『文藝春秋』を創刊した菊池は、昭和十年には、龍之介を記念して、芥川龍之介賞を創設してもいる。この文学賞が現在も存続し、新人の文壇への登竜門となっていることは周知の事実である。

⑪干からびしままの栞ぞ萩の花

「芥川龍之介より贈られし漱石句集の中にはさまり残れるもあはれ」という長い前書がある。『漱石句集』は、漱石没後の大正六年十一月、岩波書店から刊行されている。これを龍之介は夏目家から贈られるか、自分で購入したかして持っており、生前、空谷にあげたのであろう。こういういわれのある『漱石句集』を、空谷が龍之介没後、繙いたところ、「干からびしまま」の「萩の花」が句集の頁の間から出てきて、その「萩の花」はちょうど「栞」のように見えたという句である。

言うまでもないが、『漱石句集』の中にあった「萩の花」は龍之介がはさんだものである。これが庭に咲いていたものか、書斎の花瓶にさしてあったものかはわからない。しかし、龍之介がみずから、自分の手ではさんだものであることは間違いない。とすれば、「萩の花」は龍之介の分身ととれる。空谷は「栞」のようにはさまれていた「干からび」た「萩の花」に龍之介の姿を見ていたように思われる。それで、前書に「あはれ」という感懐を記したのである。

なお、⑪の句からは、漱石→龍之介→空谷と続く、俳句を愛した文学者、文人の師弟関係の流れが窺えることも付け加えておく。

⑫とざされしままの二階や松の花

「鵠沼　芥川君の旧居を訪ね」が前書。

昭和五年七月、文未亡人と空谷は神奈川県の鵠沼に行き、「旧居」を訪問する。以下の文中に出てくる「あづま家」とは東屋旅館のこと。龍之介達はここにも一時滞在した。「医院」は川澄医院である。

あづま家の庭に沿ふた砂道を抜けて、左へ曲る小路の右手に小穴隆一氏の居た家がある。その時分は粗末な家だつたが、今は一寸立派な貸家となつてゐる。

この家の門から覗いて、つきあたりに家根の一端の見えるのが、芥川氏の初めに住んだ家である。（中略）

そこの小路を前の道路へ通り抜け、㋐少し空地のある右角の建仁寺垣の二階家が、芥川氏の長く住んだ家なのである。二階の戸は閉されてゐた（以下略）。

――あの二階の座敷で議論を闘はし、六百ケンを教へてもらひ、そして、枕を並べて話しながら眠つた当時のことが、まざまざと甦つてくる。……

㋑奥さんはと見れば、怖いものでも眺めるやうな様子をみせて、つと、あづま家の方へ行かれたので、残りおしくもあとを追つた。

つきあたりの医院の門前を右に曲つて出たところが、小穴氏の画にした㋒小松林の間道である。(14)

これから、⑫の句の上五、中七の「とざされしままの二階や」が傍線部㋐にもとづいていることがわかる。

ただ、下五の「松の花」は引用文中には直接には出ていない。しいてあげれば、傍線部㋒の「小松林」であろうか。しかし、これに限定することもあるまい。松は日本の家の庭によくある木だから。現に、「故人の跡を尋ね」、夫人の実家（塚本邸）に戻った空谷と夫人は「松の大樹に囲まれた離れ」で夕食を共にする。場所は違っても、松が出てくる。

この場面で、私の関心をひくのは、「旧居」を見たときの二人の反応の違いである。空谷は「旧居」をよく見ている。その上、過去の出来事をも思い出している。一方、夫人のほうは傍線部㋑のようにすぐ去ってしまう。全く対照的である。これはどういうことだろうか。空谷は龍之介の「主治医」で、ほかの人よりは龍之介に近かった。しかし、それでも他人であった。だから、ある程度、距離をおき、余裕をもって「旧居」を見ることができた。過去の出来事を思い出しても、それらは「議論」やあそびでしかなかった。一方、夫人は妻として龍之介と生活を共にして生きていた。空谷以上に龍之介に密着していた。もはや、他人ではなかった。だから、「旧居」を長く見ていると、龍之介との生活があまりにもはっきりと浮かび上がってきて、かえってつらくなりそうで、すぐに去ったのではあるまいか。

ところで、念のため、引用文の初出（『春泥』、昭5・7）にあたったところ、興味深い事実に出会った。⑫の句と内容は同一であるが、表現がすこし違った句が載っていたのである。その句は「とざされし二階は古りぬ松の花」というものである。二つの句を並べてみよう。

とざされしままの二階や松の花（⑫）
とざされし二階は古りぬ松の花（初出）

つまり、上五の「とざされし」と下五の「松の花」は同じであるが、中七が違っている。空谷は初出の中七「二階は古りぬ」を「ままの二階や」に変え、単行本に載せ、それから、句集『薇』に入れたのである。

では、⑫の句と初出の句では、どちらが良いだろうか。初出の句はどこか説明的で冗漫な感じがする。特に「古りぬ」がそうである。一方、⑫の句は簡潔でひきしまった感じがする。句としては、⑫の句のほうが良いと思われる。とすると、空谷が行なった変更は賢明だったと言ってよい。

⑬蜘蛛の糸眼鏡にからむ暑さかな

「芥川龍之介四回忌　染井墓地にて」（前書）詠まれた句。

龍之介の遺骨は昭和二年七月二十八日、東京の染井の慈眼寺（法華宗）に葬られた。墓碑銘「芥川龍之介之墓」は小穴隆一の筆になるものである。龍之介の「四回忌」（昭和六年）に「染井墓地」を訪れた空谷は、「眼鏡にからむ」「蜘蛛の糸」から、龍之介の童話『蜘蛛の糸』（『赤い鳥』創刊号、大7・7）を思い出し、龍之介を偲んでいたに違いない。

⑭紫陽花の雨むしあつき仏間かな

これも芥川忌（河童忌）の句で、「芥川君の十三回忌」（前書）に詠まれたもの。
空谷はこの時の様子を次のように記している。

七月二十四日は芥川龍之介君の十三回忌だ。昨夜から曇つてゐるのだつたが、午前八時ごろからぽつり〱と降つて来た。芥川氏の霊前にと思つて自作トマトの風呂敷を提げて早めに新宿まで出ると中々の降りになつた。（中略、筆者注、このあと、空谷は北原大輔宅へ行く。）
雨は上つたが曇天のいやがうへに蒸し暑い。北原氏のところを辞して芥川家へ行き、仏前へトマトを供へ線香を上げて奥さんと話してゐると小島政二郎君夫婦が見え、次いで佐佐木茂索君夫婦が来る。[15]

この中には、⑭の句の上五の「紫陽花」は出てこない。たぶん、芥川家の庭に咲いていたものであろう。しかし、句の中の「雨」、「むしあつき」、「仏間」に相当する語（句）はほとんど出てくる。傍点をつけた「中々の降り」、「雨」、「蒸し暑い」、「仏間」などがそうである。⑭の句がこの場面、特に後段にもとづいていることは明白である。

それにしても、龍之介が亡くなった日も、「十三回忌」の日も、曇ったり、雨が降ったりしていて、天候がほぼ同じとは、なんという偶然であろうか。いや、これは偶然ではないかもしれない。というのは、龍之介は、明治四十三年六月四日と推定されている山本喜誉司宛書簡の中で次のようなことを言っていたからである。

もう日本も雨期へはいりはじめた　無花果の大きな青葉に破れ琴を弾くやうな雨の音がひつきりなしにするのはこれからだ雨期が完ると真夏だ　僕等は今一生の雨期にあるのかもしれない。

龍之介はこの時、十九歳であった。若き龍之介は当時の日本の気候の「雨期」を人間の「一生」にあてはめ、自分達の「一生」にも「雨期」があると考えている。青春時代が「雨期」にあたるのだろう。そして、青春時代が終われば、「雨期」が「完」り、「真夏」がくると考えている。しかし、その後の龍之介の生涯を振り返ると、その悩み多い生涯はけして「完る」ことのない「雨期」の連続だったように思えてならない[16]。だから、終焉の日にも、十三回忌の日にも、その生涯を象徴するごとく、空が曇ったり、雨が降ったりしていたのではあるまいか。

以上のように、句集『薇』、その他に見出される、空谷が詠んだ龍之介関係の句をていねいに見ていくと、龍之介のことがいろいろとわかってきて、興味深い。「主治医」下島空谷は、私達に貴重な俳句を残してくれたことになる。

注

（1）村山古郷『俳句シリーズ人と作品14　文人の俳句』（昭40・10、桜楓社）、同『文人句集書誌』（昭60・11、明治書院）などを参照した。

（2）日本近代文学館編『日本近代文学大事典　第二巻』（昭52・11、講談社）の「下島空谷」の項（執筆石割透）

（3）下島勲「芥川君の日常」（中央放送局趣味講座口演、昭9・2・28、のち、『芥川龍之介の回想』、昭22・3、靖文社、一〇頁―一一頁）

（4）菊地弘・久保田芳太郎・関口安義編『芥川龍之介事典』（昭60・2、明治書院）の「年譜」（作成宮坂覚）

（5）下島勲「芥川龍之介のこと」（『改造』、昭2・9、のち、『芥川龍之介の回想』、六四頁）なお、初出の題では、芥川龍之介に「氏」がついている。
（6）下島勲「たつ秋」（『かびれ』、昭9・9、のち、『芥川龍之介の回想』、六二頁―六三頁）
（7）なんという句か不明。『薇』の中には見当たらない。
（8）「句数一六七」という数え方もある（中野博雄「下島勲著『芥川龍之介の回想』」、『国文学解釈と鑑賞』、昭43・2、至文堂、七七頁）。
（9）下島勲「それからそれ」（『中央公論』、昭10・3、のち、『芥川龍之介の回想』、二七頁）
（10）注（3）と同じ文章、のち、『芥川龍之介の回想』（一七頁―一八頁）
（11）下島勲「芥川龍之介終焉の前後」（『文藝春秋』、昭2・9）、のち、『芥川龍之介の回想』（六頁―七頁）なお、初出の題では、芥川龍之介に「氏」がついている。
（12）注（11）と同じ文章。のち、『芥川龍之介の回想』（八頁）
（13）関口安義編『新潮日本文学アルバム13芥川龍之介』（'83・10、新潮社）のデスマスクにつけられた解説文（六四頁）。
（14）下島勲「浜豌豆」（『春泥』、昭5・7、のち、『芥川龍之介の回想』、七二頁〜七四頁）
（15）下島勲「河童忌」（初出不明、『芥川龍之介の回想』一三一頁）
（16）龍之介は、自伝的要素が濃厚な「或阿呆の一生」（『改造』、昭2・10）の「十九　人工の翼」において、「人生は二十九歳の彼にはもう少しも明るくはなかつた」と記している。

付記　一　龍之介の遺書、書簡、作品は、全て岩波書店版『芥川龍之介全集』（'77―'78）から引用した。
二　句集『薇』は、国立国会図書館で閲覧した。なお、この句集はのち、『鉄斎其他』（昭15・12、輿文社）に収録された。
三　龍之介の終焉の日、枕頭にあった『HOLY BIBLE 旧新約聖書』は、日本近代文学館で閲覧した。

第三部　他の俳人

I　楸邨と波郷――〈懐手〉をめぐって――

一

加藤楸邨と石田波郷の交わりがかなり親密であったことは、よく知られている。では、楸邨と波郷の出会いは、いつ、どこで、どういうかたちでなされたのであろうか。二人の経歴を述べることから始めたい。

まず、波郷から[1]。波郷は大正五（一九一三）年三月十八日、愛媛県温泉郡垣生村大字西垣生九八〇番地（現、愛媛県松山市西垣生町八四〇番地）に生まれた。本名哲夫《てつお》。昭和五年三月、愛媛県立松山中学校を卒業、家にあって、農業に従事。四月、水原秋桜子門下の五十崎古郷に入門、古郷の勧めで、『馬酔木』に投句を開始。昭和七年、『馬酔木』二月号の「雑詠」巻頭を占め、上京、秋桜子に初めて会う。

楸邨に移ろう[2]。楸邨は明治三十八（一九〇五）年五月二十六日、東京市に生まれた[3]。波郷より八歳年上になる。本名健雄。鉄道に奉職していた父健吉の転任に従い、各地を転々とし、大正十二年、石川県立金沢第一中学校を卒業、小学校の代用教員となる。昭和元（一九三七）年、東京高等師範学校に所属する第一臨時教員養成所国語漢文科に入学。昭和四年、同養成所を卒業し、埼玉県立粕壁中学校に勤務。昭和六年、同中学校の村上鬼城門の同僚（菊池烏江など）に誘われて句作を開始、医用で粕壁（現、春日部）を訪れた水原秋桜子に会い、『馬酔木』に投句。昭和八年、第二回馬酔木賞を受賞。

楸邨と波郷が初めて会ったのは、この頃らしい。ある波郷の年譜の「昭和八年」のところに、「秋、粕壁にて加藤楸邨と初めて会う」(4)とあり、別の波郷の年譜の「昭和八年」のところにも、「秋、粕壁にて加藤楸邨に初めて会った」(5)とある。管見に入った楸邨の年譜のいずれにも(6)、昭和八年のところに楸邨と波郷の初めての出会いが記されていないのは実に奇妙ではあるが、以上、二つの波郷の年譜の記述から、楸邨と波郷が初めて会ったのは、一応、「昭和八年」の「秋」、「粕壁」でということになる。

しかし、楸邨と波郷の出会いについて、楸邨自身が書いた、次のような文章があることを忘れてはならない。

思ひ出してみると波郷と始めて逢つたのは昭和七、八年頃ではなかつたかと思ふ。さうするともう三十六、七年の交りになる。確か秋桜子先生が私の教師をしてゐた粕壁（今の春日部）に来られたとき古利根川の岸辺で波郷を知つた。石橋辰之助・滝春一・篠田悌二郎・高屋窓秋などといふ当時の「馬酔木」の代表的な人々が一緒だつたと思ふ。みんなが賑やかに語りあつて古利根川の秋を楽しんでゐた中で、ひとり離れて黙々と歩いてゐた長身の青年が石田波郷だと先生から教へられた[7]（傍点は筆者。以下同じ）。

楸邨のこの文章から、楸邨が「波郷と始めて逢ったのは」、(1)年が「昭和七・八年頃」だったこと、(2)季節が「秋」だったこと、(3)場所が「古利根川の岸辺」だったこと、(4)仲だちをした人物が「秋桜子先生」だったことなどがわかる。(5)それから、楸邨が波郷に孤独癖のようなものを見ていたこともわかる。

このうち、問題となるのは、(1)の「昭和七・八年頃」という年のことである。二人が初めて会ったのは、波郷の年譜の記述の「昭和八年」の「秋」ではなく、昭和七年の秋かもしれないことになる。どちらなのだろうか。

ここで、波郷の次の俳句に注目したい。句の上の数字は、筆者が便宜上つけた通し番号である。

武蔵水郷　四句[8]

①古利根に来しすゞしさを言にいふ
②たゞよへる青藻かけをり君が櫂
③疲れたる舟のながれに葭すゞめ
④蛙鳴き風にほふ夜をかへりきぬ

四つの句から、波郷が「武蔵水郷」を流れる「古利根に来」（①）、「君」（②）と「舟」（③）に乗って遊び、「夜」、東京へ「かへ」（④）ったことがわかる。

ところで、これら四句は、波郷の第一句集『石田波郷句集』(昭和10・11、沙羅書店)に収録されてはいるが、初出は『馬酔木』の昭和七年九月号である。とすれば、波郷は「昭和八年」より前に、つまり、昭和七年にはすでに埼玉県の「古利根に来」ていたと言ってよいことになる。

四句のうち、①の句に注目したのが、選者水原秋桜子である。秋桜子は選後評にあたる「新樹集評釈」の中で①の句について、「友達と古利根川のほとりに来た。岸辺には蘆がのび、真菰がのび風が小波を立てゝ吹いて来る。『実に涼しいではないか』と御互ひに口に出して言はずに居られなかつた。――かういふ俳句では一寸現はしにくいことを、此句は完全に現はし了せてゐる。『言にいふ』は『言にいでゝいふ』の略であるが、此の省略は正しいものであつて作者の技巧の練達を証するに足る作である」と述べ、賞賛している。

では、秋桜子の言う、波郷といっしょに「古利根川のほとりに来た」「友達」とは、誰であろうか。『馬酔木』に所属し、「武蔵水郷」に住んでいる人物と言えば、加藤楸邨の名前があがってくる。秋桜子が言う、波郷の「友達」とは、加藤楸邨のことであろう。こう考えてくると、②の句の「君が櫂」の「君」も加藤楸邨に見えてくる。

それから、四つの句の季語にも注意しておきたい。①の句の「すゞしさ」は夏の季語である。②の句では、季語は「櫂」であろう。「櫂」(=オール)なら、「ボート」、「貸しボート」、「船遊び」などと同類となり、夏の季語になる。③の句の「葭すゞめ」(=葭切)は夏の季語になる。句の「蛙」は春の季語である。こう見てくると、秋ではなく、春と夏の季語が使われていることがわかる。四句のうち、三句まで夏の句なので、波郷が「武蔵水郷」へ行ったのは、夏と考えられる。

以上から、楸邨と波郷が初めて会ったのは、「昭和八年」の「秋」よりも前であること、あえて言えば、昭和七年の夏頃の可能性が濃いと指摘しておく。

二人の経歴をさらにたどってみたい。

波郷は昭和九年四月、明治大学文芸科に入学、五月からは『馬酔木』の編集に参加、発行所へ通う。昭和十一年、明大を中退。昭和十二年、主宰誌『鶴』を創刊。

一方、楸邨の方は、昭和十二年、秋桜子の勧めで粕壁中学校の教員を辞し、上京、東京文理科大学国文科に入学、かたわら、『馬酔木』の発行所へ行き、編集を手伝う。

こうして波郷と楸邨は、『馬酔木』の発行所で机を並べて仕事をする仲となった。このことについて秋桜子は、楸邨の第一句集『寒雷』（昭14・3、交蘭社）に「序」を寄せ、「波郷、楸邨―この二人のよき編輯者を得ることによつて、私は安心して発行所の事を托し、自分の勉学に専念することが出来るやうになつた」と述べている。

楸邨は昭和十五年三月、東京文理科大を卒業すると、『馬酔木』の発行所を離れ、四月から、東京府立第八中学校（現、小山台高校）に勤務、十月、主宰誌『寒雷』を創刊する。楸邨と波郷が発行所で机を並べて仕事をした期間は、約三年ということになる。

楸邨が去ったあとも発行所に残っていた波郷は、昭和十七年、『馬酔木』同人と編集を辞す。この時、楸邨も『馬酔木』同人を離脱している。

以上のような関係があったからこそ、楸邨と波郷は終生、親密な交わりを続けたのである。

二人の親密さがよく出ている句をあげておこう。

まず、波郷の句を二句。

⑤楸邨とわれ汗垂れて泥鰌食ふ

東品川

⑥楸邨ありや祭りの中を踴み行く

⑤の句は、『行人裡』（昭15・3、三省堂）に収録。まず、「楸邨とわれ」と詠み出して、相手と自分を一句の中にきちんと位置づけている点に注目したい。下五の「泥鰌」とは泥鰌鍋（＝柳川鍋）のそれに違いない。鍋は一つであろう。一つの鍋の「泥鰌」を二人で「食」っているのである。中七の「汗垂れて」が句にリアリティを与えている。つまり、二人の身体と夏の暑さとを私達読者に実感させてくれている。

⑥の句は、『雨覆』（昭23・3、七洋社）に収録。楸邨は昭和十七年、府立第八中学校から府立第八高等女学校（現、八潮高）へ転任した。波郷は「楸邨と訪ふ」という前書をつけ、「植込を這ふひるがほの女高生」（『鶴』、昭21・7）を作っている。⑥の句も「楸邨を訪ふ」た時の句である。この句について星野麥丘人は、「当時、空襲で家を焼かれた加藤楸邨は、勤務先である都立第八高女の一室に仮寓していたのである。波郷は楸邨を訪ねる途次、町内の祭に遭遇したのであろう。『楸邨ありや』の打ち出しには、明るい祭の情景に興じている気分が窺えると同時に波郷への親近感を読み取ることができる」[9]と述べている。

楸邨と波郷のうち、先に亡くなったのは、年下の波郷である。波郷は昭和四十四（一九六九）年十一月二十一日、死去した。五十六歳だった。楸邨は波郷の火葬に立ち会い、句を作っている。そこで、こんどは楸邨の句を二句。

十一月二十三日　火葬

⑦秋の暮波郷燃ゆる火腹にひびく
⑧灯の寒きこのしら骨が波郷かな

二句とも『吹越』（昭51・6、卯辰山文庫）に収録。

⑦の句について。波郷が若い頃、作った句に「秋の暮業火となりて秬は燃ゆ」がある。「秬焚や青き螽を火に見たり」などと共に『馬酔木』の昭和七年二月号の「雑詠」巻頭を占めた句である。楸邨はこの「秋の暮」の句を念頭において⑦の句を作ったに違いない。よく似ている、しかし、⑦の句で「燃」えているのは、「秬」ではなく、盟友だった波郷の体である。大きな違いがここにある。それにしても、「腹にひびく」とは、いかにも痛切。

二

楸邨は、主宰誌『寒雷』の昭和六十三年三月号の巻頭言「人間雑記」（二五七回）に「懐手」という文章を寄せている。これは和服を好んで着、よく〈懐手〉をしていた故波郷を偲んだ文章で、読んでいくと、亡き盟友を思う楸邨の気持が強く感じられ、心を打たれる。長くなるが、貴重な文章なので、引用したい。

楸邨は、「自分」と波郷の「背」の「高」さについて思い出すことから、この文章を始める。

> 波郷と楸邨とどちらが背が高いかとよく訊かれたものだつたが、どちらが高かつたか今になつてもはつきりしない。馬酔木の発行所へやつてきた人は誰も気になると見えて「どちらも大きいな、一度並んでみないか」などと語りかけたものである。私の方では自分の方がほんの少し高いと思つてゐたところが、あるとき暦を掛けることになつたとき波郷は釘に手が触れたが、私の方は一寸届かなかつた。しかし正式に背を測るときは頭の筈だから、今でも私は同じくらゐだつたといふほかないと思つてゐる。水原病院でおこなはれる毎月の俳句の例会に出かけるので神田の通りを並んで歩いてゐたら、これも例会に出る岩崎君といふ男がゐてカメラに収めてくれた。写真で見当をつけようといふわけだが、この写真はそれきりになつて見せられずに終つたので、今でも写真の結果はわからない。しかしこれは波郷とゆつたりと歩いてゐるところを撮つたので、今でも残つてゐたらなつかしいだらうなと思ふ。

引用文の前半部から、「背」の「高」さに関して、楸邨がなかなかの負けず嫌いだったことが窺え、ほほえましくなる。

「馬酔木の発行所」は、神田区雉子町三十一番地内神田ビルジング四十六号A室[10]にあった。だから、引用文の後半部に「神田の通り」が出てくるのである。なお、A室は四階にあった。楸邨に「馬酔木発行所」という前書がついた「路地の夜の祭四階に見おろせり」（『飇風眼』、昭15・3、三省堂）があり、波郷に「春雷の昇降機《リフト》を待てり針の遅々」（『大足』、昭16・4、甲鳥書林）がある。

「水原病院」とは、秋桜子経営の産婦人科病院のこと。秋桜子は東京帝国大学医学部を卒業した産婦人科医であった。

「岩崎君」とは、どういう人物だろうか。当時の『馬酔木』を見ると、「新樹集」に京都市の岩崎宇三郎という名前が出てくる。昭和十一年から名前が出始め、進歩著しく、昭和十二年一月号では次席、五月号では巻頭を占め、以後も常に上位に入っている。十二月号では、水原豊（＝秋桜子）によって「新樹集の作者(12)」にとりあげられ、四頁を使って紹介されている。「岩崎君」とは、この岩崎宇三郎のことである。

「岩崎君」が「カメラに収めてくれ」たものの、「それきりになつて見せられずに終」わり、楸邨が「残つてゐたらなつかしいだらうな」と思っていた写真は、実は『馬酔木』の昭和十四年七月号に載っている（写真A参照）。

波郷はこの写真について、「小川町通」という題名の説明文(11)を書いている。その一部を紹介しよう。

これは一昨年の夏の写真だ。加藤楸邨氏が着流しで歩いてゐるところを見ると八月のことらしい。丁度馬酔木の俳句会のあつた日で、京都の岩崎宇三郎君が発行所に訪問された。四時か五時頃の片影に近い暑い盛りの町に一緒に出かけた。同君がライカを持つてゐて、二三枚パチ〳〵とスナツプを撮つた。この写真がその一つだ。

発行所を出ると、加藤さんが一人で郵便局の方へ駈け出して行つた。その後で、僕の街頭に傍

写真A

立してゐる姿を一枚撮り、郵便局から帰つた加藤さんと三人で小川町通を話し乍ら歩いて行つた。ふと岩崎君が駈け出してふりかへるとカメラをむけた。ははこれは加藤さんを撮すんだなと思つたので僕は早足に加藤さんの傍を離れたところでパチツとやられたものである。

それから何箇月か経つて、岩崎君が京都からこの写真を送つてきてくれた。すると、加藤さんから離れた筈の僕もはいつてゐる。然も加藤さんも写真を撮られることをしらなかつたのである。

波郷はこのあと、「斯うい ふ経緯は大変僕には面白い」とまとめている。私も「大変」「面白」いと思う。もっとも、私がそう思うのは、波郷とは違って、問題の写真が決して楸邨の言うように、「波郷とゆつたりと歩いてゐるところを撮つたもの」ではないことがよくわかったからである。波郷との出会いの時もそうだったが、楸邨の記憶はときどきあいまいなことがある。楸邨が「着流しであるいてゐた」ことについて波郷は、「和服を着た『寒雷』の著者は、読者諸君には珍しいことゝと思ふ」と説明している。これは楸邨がふだんは学生服で通していたからである。楸邨の学生服姿についてはこのあと触れたい。

ここで、楸邨の文章「懐手」にもどろう。「懐手」には、前引の文章のすぐあとに、「懐手」という題名と関係がある次の一節が出てくる。

殊に珍しいのは波郷が例によつて和服姿で懐手をしてゐたのに対して、私は文理大の学生服を着用してゐたのだから、その対照の妙は棄てがたいものがあつたらうと思ふ（中略）。私は三十二歳、学生服はふさわしくないわけだが、文理大は一度教師をやつてから入つてくる人が多いので、私のゐた国文科でも私より年上が何人かゐて誰も不思議だとは思はなかつたわけである。

楸邨の「例によつて」という言い方から、波郷がほとんどいつも「和服姿で懐手をしていた」ことが窺える。滝春一も「波郷のふところ手は有名であつた」[12]と証言している。

こういう波郷と「学生服を着用してゐた」楸邨との「対照」については、能村登四郎の言葉をあげておこう。登四郎は、「私は戦前の波郷とはあまり深い交際はなかったが、『馬酔木』の発行所でその姿を何度か見た。文理大の制服を大きな体に苦しそうに詰めこんだ楸邨と、和服で集金袴とみずから名付けた袴をつけた波郷がいた」[13]と述べている。

楸邨の文章「懐手」はこのあと、次のように続いていく。この文章の中心部分といってよい箇所である。

私には逆に懐手の方が気になつた。用のない時は手を外に出してゐたことが滅多にない。外に出した時は大ていぽんと腹を叩いて見せる場合が多い。腹を叩いてみせるのは句ができてゐるぞといふときがまづ主である。それ以外では口を利かないですます場合が多い。私が大学の方で帰りがおそくなつてから発行所に顔を出すと波郷が私の顔を見てにやりと笑つてぽんと腹を打つ。ときどき句がおそくなつてどうかすると空けておいたところへ嵌《は》めこんだりしてゐるのを知つてゐるものだから私も黙つて腹をぽんと打つてお返しをする。私の方も用意十分だといふ意味である。波郷が懐手の片方をさつと袖口から出して卓上にひろげ、残つた方の手でぱたりと打つ。これで二人の俳句を出す時の儀式がすんだことになる。

まるで、うまくとれたスナップ写真を見せられているような文章である。発行所における楸邨の姿と波郷の姿が実に生き生きと描き出されている。

まず、言えることは、楸邨と波郷が絶妙なコンビを形成していることである。二人の間は、もはや言葉が必要ないほどまでになっている。

しかし、どちらかというと、主になっているのは、〈懐手〉姿の波郷である。楸邨は、〈懐手〉姿の波郷に対応して行動していた。

それから、さらに言えることは、波郷の〈懐手〉が彼の句作活動と密接に結びついていることである。これは、もし波郷が〈懐手〉をしなかつたら、句は多く作れなかったであろうということでもある。とすれば、〈懐手〉は波郷の句作活動に大きな影響を与えていたと言ってよい。

そして、こういう〈懐手〉姿の波郷との交わりがあったからこそ、楸邨の句作活動も活発になっていったと言うこともできる。楸邨は、本当に良き友を持っていたことになる。

このあと、楸邨は次のようなエピソードを紹介する。

下代田に住んでゐた頃、不意に波郷がやつてきたことがある。もちろん例の和服で横光利一氏を訪ねようといふことであつた。あいにく予定があつて実現しなかつたが、あとで知世子が「波郷さんは着物のよく似合ふ人ですね」と感心してゐた。

私は、

「いや懐手が板に着いてゐるんだよ」

といつて彼の懐手の型を一度ぽんとやつてみせた。

「下代田」とは、正式に言えば、世田谷区下代田二二八番地のことである。楸邨一家は、昭和十六年に小石川区坂下町四〇番地から「下代田」へ引越してきていた。

「横光利一」とは、川端康成らと共に新感覚派と呼ばれた小説家のこと。代表作に『上海』、『機械』、『旅愁』などがある。横光は小説家ではあっても、俳句に強い関心を持っていた。

波郷は昭和十年、石塚友二の紹介で横光に初めて会った。そして、のち、横光を師と思うに至る。このことについて波郷は、「私が横光さんを先生と思っているのは、私の俳句に対して独自の批評をしてくれたり、又氏が俳句について語ることを私が私なりに糧として吸収していたからに他ならない」[14]と説明している。従って、波郷と横光の関係も深かった。なお、横光は波郷の句集『鶴の眼』(昭14・8、沙羅書店)に「序」を寄せ、その中で「石田波郷氏の俳句はたしかに新人の名に価するものと私は思つてゐる」と述べ、波郷を強く推賞している。

「知世子」とは楸邨の夫人。旧姓矢野チヨセ。明治四十二(一九〇九)年、新潟県に生まれた。昭和二年、上京、楸邨と知り合い、昭和四年、粕壁で楸邨と結婚。のち、句作を始め、俳人としても知られることになる。『加藤知世子全句集』（平3・4、邑書林）がある。[15]

知世子夫人の言葉から、「着物」を着、〈懐手〉をした波郷の姿が女性を「感心」させていたこと、つまり、魅了していたことがよくわかる。

波郷の姿は、女性だけでなく、男性をも魅了したようである。能村登四郎は、「男の私から見ても惚れぼれするほど姿のいい人であった[16]」と証言している。

三

ところで、楸邨の文章「懐手」の終りの方に、私が「おや？」と思った次のような一節が出てくる。

あるとき何がきつかけとなつたのか談笑に興じた末、どちらか先にあの世へ行くことになつたら、俳句の先例のやうに忌を詠んだ句をつくつて手向けようやといふことになつた。「波郷忌の我もしてみる懐手」と私が先に呼びかけると、波郷も楸邨忌何々と詠みあげてゐたが惜しいことに忘れてしまつて今思ひ出せない。その時私が先に詠んだやうにこの冗談も本当になつてしまつて、私が彼を送ることになつてしまつたわけである。

では、波郷が「詠みあげてゐた」ものの、楸邨が「忘れてしまつて今思ひ出せない」「楸邨忌」の句とは、どういう句であろうか。

実は、私には心当りがあった。ここで、遠まわりするようだが、SF作家で句作もする眉村卓に触れておきたい。眉村には、『ショート・ショートふつうの家族』（昭59・2、角川文庫）という作品がある。「解説」（執筆光瀬龍）に、「眉村卓氏は俳句を中学生時代から始められ、高校へ入って俳句クラブ、のちに水原秋桜子の『馬酔木』に拠って活躍したというのだからこれは本格派である」と出ている。

私は眉村の『馬酔木』投句状況を調べてみようと思った。しかし、引用文からは、眉村がいつごろ、『馬酔木』へ投句したかはわからない。そこで問い合わせの手紙を出した。返事がきた。それによれば、「昭和二十五年の秋頃から『馬酔木』に投句しはじめました（中略）。断続的に昭和三十二年か三十四年頃迄つづけました」とのこと。

この御教示に従い、『馬酔木』の古い号を調べたところ、確かに眉村（名前は本名の村上卓児）の句があった。年月と句数は表の通りである（句が見出されない月は省略）。[17]

年　月	句数
昭26・11	1
29・12	1
31・2	1
3	1
5	1
6	2
7	1
8	1
9	1
10	2
11	1
12	1
32・4	1
5	1
35・2	1
4	1
合　計 18	

このようにして、『馬酔木』の古い号を調べていたとき、非常に興味深い文章に出会ったのである。昭和二十六年二月号に載っていた馬場移公子の「忌日」がそれである。

ここで、馬場移公子について少し述べておきたい。本名新井マサ子。大正七年、埼玉県の秩父に生まれた。俳句はまず、地元の金子伊昔紅（金子兜太の父）に手ほどきをうけ、のち、『馬酔木』に投句、水原秋桜子に師事する。たちまち、頭角をあらわし、昭和二十六年、同人になり、昭和三十四年、馬酔木賞を受賞。昭和六十年には、句集『峡の雲』（昭60・9、東京美術）で俳人協会賞も受賞。[18]

さて、移公子の「忌日」は、題名どおり、俳人の忌日について書かれたものである。亡くなった持田紫水、小山寒子、中尾白雨、植山露子、五十崎古郷にとどまらず、当時はまだ存命中の波郷、楸邨、伊昔紅、秋桜子らまでとりあげられていて、おかしい。この中に次のような一節が出てくる。

三年程前、矢張古い馬酔木をよんで居りましたら、波郷さんと楸邨氏で「お互ひの句を一番理解し合つてゐるのは僕等だ。若しもどちらかが先に死んだら、後に残つた方が必ず忌日に句を作ることにしよう」と言ふ様な事が書かれてあつて、

発行所一日はなれず楸邨忌　波郷
波郷忌の吾もしてみる懐手　楸邨

と、試作が記されてあつたのを覚えてをりますが、どちらも忌日を作らずに済んで、俳壇の為にも、何より喜ばしい事でした。

私が楸邨の文章「懐手」を読み、「おや?」と思ったのは、移公子のこの文章が私の脳裡をよぎったからである。移公子の文章から、波郷が「詠みあげてゐた」ものの、楸邨が「忘れてしまつて今思ひ出せない」「楸邨忌」の句とは、「発行所一日はなれず楸邨忌」らしいと言える。

しかし、楸邨の文章「懐手」を読んだあと、私の心には、移公子が読んだと書いている「古い馬酔木」の中の文章を直接、自分の目で確認してみようという気持ちが強くなった。それで、こんどは昭和二十五年以前の『馬酔木』を見てみた。

すると、昭和十六年二月号の「新刊書評」欄に、楸邨が波郷の随筆集『俳句愛憎』（昭16・1、人文閣）について書いた文章「波郷と愛憎―『俳句愛憎』に就いて―」が載っていたのである。この中に次のような一節が出てくる。

いつか「竹むら」か「藪」[19]かで誰かの忌の話が出たことがある。談偶々自分達の死後のことに及んだが、波郷は言ふ。加藤さんの俳句の性格を最もよく知つてゐるのは私だ私以外に楸邨論を本当にやれるものはないだらう。そこで私も言つた。加藤さんが死んだら、楸邨俳句は何故難解なりしかといふ一文を草しよう。そこで私も言つた。波郷の句が曳いてゐる生活の陰鬱は、実体は知らないが、気息相通ずるところでつかんでゐる。君が死んだら波郷俳句の愛憎に就いて私が手向の一文を草しよう。そこで大いに笑つて、とにかくお互いに先には死なれないねと語り合つたのであつた。かうした時の常として波郷は

発行所一日はなれず楸邨忌

といふ一句をものするし、私は又

波郷忌のわれもしてみる懐手

など、とんでもないところまでゆくのであつた。[20]

楸邨と波郷の親密な関係がよく出ているこの文章から、楸邨が「詠みあげてゐた」ものの、楸邨が「忘れてしまつて今思ひ出せない」「楸邨忌」の句とは、「発行所一日はなれず楸邨忌」であると断定できる。

なお、細かいことだが、楸邨は「懐手」の中で、「波郷も楸邨忌何々と詠みあげてゐた」と書いて

いるから、「楸邨忌」という語が上五にくる句を、波郷が作ったと思い込んでいたようである。しかし、「楸邨忌」は下五にきている。こういう勘違いも、それから、「忘れてしまつて今思ひ出せない」というのも無理はない。なにしろ、引用したエピソードは、昭和六十三年の時点から数えれば、約五十年、つまり、半世紀も前の出来事なのだから……。

四

楸邨の文章「懐手」は、次のように終わっている。

　波郷自身が懐手を詠んだ句が「鶴の眼」にある。思ひ出す度に胸に沁みる。

　英霊車去りたる街に懐手　波郷

では、「波郷自身が懐手を詠んだ句」は、他にはないのであろうか。こう考えて、『石田波郷全集第三巻』（昭62・10、富士見書房）の「季題別全句一覧」の「冬」の「懐手」を見ると、次の句が出てきた。

⑨英霊車去りたる街に懐手
⑩柚子幾顆買ひてふたたびふところ手
⑪安房の海や無頭症児のふところ手
⑫父亡き後けふ母亡しのふところ手

⑬枯草踏んで四十七なる懐手
⑭子の春着のうしろに廻る懐手

⑨の句は、楸邨がとりあげていた句。上五の「英霊車」から戦争と関わりが深い句とわかる。波郷も昭和十八年、出征した。このとき楸邨は「石田波郷出征」という前書をつけ、「またあとに鵙は火を吐くばかりなり」（『雪後の天』、昭18・11、交蘭社）という句を作っている。

波郷は華北に渡るが、胸膜炎を病み、大陸の病院を転々、昭和二十年、帰国した。よって、「英霊」にはならなかった。しかし、戦争で死んだ人々への思いは、自分が生きて帰ってきただけに、深いものがあったに違いない。これは、波郷が作った他の「英霊車」の句、たとえば、「夜涼の坂英霊車来る如何にせん」（『鶴の眼』）にもあてはまる。特に下五の「如何にせん」は、なにも言っていないのに、波郷の思いをいろいろと感じさせる。

⑩の句は、『春嵐』（昭32・3、琅玕洞）に収録。作者が「買」った「幾顆」の「柚子」は、作者の「手」とともに作者の「ふところ」に入れられていたと思われる。

⑪の句は、『小説新潮』（昭31・12）に発表された。⑨⑩の句と違って、この句の〈ふところ手〉、は作者自身の〈ふところ手〉ではない。他人の〈ふところ手〉、それも「無頭症児」の〈ふところ手〉というのだから、どこか、不気味な感じがする。あまり良い句とは思えない。

⑫の句は、『酒中花』（昭43・4、東京美術）に収録。「十一月十一日母死す　三句」（前書）のうちの一句。波郷の父惣五郎はすでに昭和三十三年四月二十五日、郷里で亡くなっていた。そして、今度は

母ユウが昭和四十年十一月十一日、やはり郷里で亡くなった。参考のため、他の二句もあげておくと、「母の亡き今日暁けて石蕗梅もどき」、「朴落葉母亡き地にからびけり」である。

⑬の句は、『鶴』(昭34・1)に発表された。この句は、作者のよい自画像となっている。「四十七」という年齢が直接使われ、かつ、効いていることが特色。波郷には直接年齢を取り入れた句として、⑬の句以前に「初蝶やわが三十の袖袂」(『風切』、昭18・5、一條書房)、⑬の句以後に「橙飾るわれや愚かに四十九」(『朝日新聞』、昭36・1・3)がある。前者は波郷の代表作として名高い。

像と言えば、波郷の〈懐手〉姿の写真が載っている句集がある。『大足』である。『大足』の表紙をめくると、扉に波郷の全身の写真がある(写真B参照)一人で立っている。もちろん、和服を着ている。手は見えない。「例によつて」〈懐手〉をしているからだ。写真には、駅名を示す標示板があり、「二高」の文字が写っているから、場所が井の頭線の駅「一高前」(現、駒場東大前)であることがわかる。波郷はこの頃、駒場会館に住んでいた。

⑭の句は、『全織新聞』(昭36・1・1)に発表された。この句の「子」とは、長男修大《のぶお》(昭和十八年生まれ)、長女温子《はるこ》(昭和二十一年生まれ)であろう。二人が「春着」を着ているところを、波郷は〈懐手〉をしつつ、初めは前から見、次には「うしろ」からも見たのである。ここには、いかにも子煩悩な父親としての波郷の姿が出ている。

実は、〈懐手〉が出てくる波郷の句は、まだある。これらの句は、他の季語と使われており、「季題別全句一覧」では、他の季語のほうに分類されている。次のような句である。

⑮苺食ひ談了りたる懐手
⑯寒椿つひに一日のふところ手
⑰懐手初旅もせず稿も継がず
⑱元旦やいつよりせざるふところ手

⑮の句は、『鶴の眼』に収録。「苺」（春）のところに入っている。「懐」から出ていた「手」が、「苺」がなくなり、「談」も「了」ると、また「懐」に入った、つまり元の〈懐手〉に戻ったということであろう。面白いところをとらえた句である。

写真B

⑯の句は、『風切』に収録。「寒椿」（冬）のところに入っている。しかし、高島茂はこの句について、「和服を着る機会のすくなくなった今日、『ふところ手』という冬の季語もなくなりつつある」[21]と述べ、〈ふところ手〉のほうを重視していることがわかる。季重なりの句の場合は、こういう食い違いがときどき起こる。⑭の句「子の春着のうしろに廻るふところ手」も「春着」を重視すれば、新年の句になる。「春着」

とは、「年始に着る新しい衣服」(『岩波国語辞典第三版』)だからである。
⑰の句は、『愛媛新聞』(昭35・1・1)に発表された。「初旅」(新年)の方に入っている。波郷は旅に対して強い願望を抱いていた。だから、「ほしいまま旅したまひき西行忌」(『酒中花』、昭43・4、東京美術)、「人はみな旅せむ心鳥渡る」(『酒中花以後』、昭45・5、東京美術)などの句を作っている。しかし、実際は、そう多く旅に出ていたわけではない。⑰の句のように……。
⑱の句は、『社会新報』(昭63・1・1)に発表された。この句から、波郷が〈ふところ手〉をしない時があることもわかる。珍しい。もっともこれは、「元旦」で料理を食べたり、酒を飲んだりすることが多いと、おのずと「ふところ」から「手」を出すことになり、〈ふところ手〉がすくなくなるということであろう。⑮の句と同じく、面白いところをとらえた句である。

五

石田波郷が昭和四十四年十一月二十一日に死去したことはすでに記した。「懐手」という文章を書き、盟友波郷を偲んだ加藤楸邨も、もうこの世にはいない。平成五(一九九三)年七月三日、逝去した。八十八歳だった。

楸邨の弟子の一人金子兜太は、楸邨が亡くなった時、次のように述べた。

　新興俳句運動のなかで人生派、あるいは人間派といわれてきたように、人生と俳句に対する氏の情熱と純粋さにひかれてきました。俳句でまともに人生を描こうという姿勢を正面きって貫いてきた人です（中略）。いまの短小軽薄のなかでは「俳句で人生を描く」という姿勢を薄ら笑う人さえいますが、その姿勢はしっかり継がれていかなければならないと思います。[22]

金子兜太のこの言葉は、俳人加藤楸邨の特質と今後の課題を的確にまとめている。

付け加えておけば、楸邨夫人の加藤知世子、存命中の楸邨と波郷の忌日の句について言及した文章「忌日」を書いた馬場移公子も、やはりこの世にはいない。知世子は楸邨より早く、昭和六十一（一九八六）年一月三日、死去した。七十六歳だった。移公子は楸邨より遅く、平成六（一九九四）年二月十七日、逝去した。七十六歳だった。

注

（1）主に『現代俳句の世界7石田波郷集』（昭59・9、朝日新聞社）の「石田波郷略年譜」（構成・斎藤慎爾）を参照した。

（2）主に『現代俳句の世界8加藤楸邨集』（昭59・6、朝日新聞社）の「加藤楸邨略年譜」（構成・斎藤慎爾）を参照した。

（3）『加藤楸邨全集別巻』（昭57・11、講談社）の「年譜」（田川飛旅子編）には、「出生届では山梨県北都留郡大月で生まれたことになっているが、父が当時鉄道に奉職していて、大月から東京へ転任直後であったため、大月で生まれたのか、東京で生まれたのか、本当のところはいまもって、はっきりしない」とある。

（4）注（1）と同じ年譜。

（5）『石田波郷全集第十巻』（昭63・5、富士見書房）の「年譜」（村山古郷編）

（6）注（2）、注（3）にあげたものに、『加藤楸邨読本』（昭54・10、角川書店）の「加藤楸邨年譜」（田川飛旅子編）、田川飛旅子『新訂俳句シリーズ・人と作品16　加藤楸邨』（昭和58・3、桜楓社）の「年譜」、

『加藤楸邨初期評論集成第五巻』（'92・7、邑書林）の「加藤楸邨初期年譜」（文責、島田牙城）、『寒雷』（平5・12）の「加藤楸邨年譜」（加藤瑠璃子編）を加えた計六つの年譜をいう。

（7）加藤楸邨「波郷永別」（『俳句』、昭45・1、角川書店、五〇頁）、のち、『達谷往来』（昭53・6、花神社）、『加藤楸邨読本』に収録。

（8）初出の『馬酔木』（昭7・9）では、前書が「武蔵水郷　松伏」になっている。「松伏」とは、埼玉県北葛飾郡松伏町のことで、春日部市からそう遠くはない。

（9）星野麥丘人『波郷俳句365日』（'92・10、梅里書房、一二九頁）

（10）この住所は、『馬酔木』（昭7・4）に「謹告」として示されている。

（11）波郷のこの文章は、『石田波郷全集十巻』にも収録されている。

（12）滝春一「波郷のふところ手―初期馬酔木時代―」（『俳句研究』、昭42・11、俳句研究社、二七頁）

（13）能村登四郎「波郷の里」（『石田波郷全集第七巻』の「月報」、昭63・2）

（14）石田波郷「横光さんの手紙」（『俳句講座第五巻』の「月報№9」、昭34・9、明治書院）、のち、『石田波郷全集第九巻』（昭63・4）に収録。

（15）加藤知世子の句集『頬杖』（昭61・6、花神社）の「加藤知世子略年譜」（小桧山繁子編）を参照した。

（16）注（13）と同じ。

（17）眉村卓の句作活動については、拙論「俳句と小説―眉村卓の場合―」（『九州大谷国文』、第19号、平2・7）で詳述した。書簡の全文を紹介し、『馬酔木』だけでなく、『学苑』、『氷海』、『南風』など、他の俳誌への投句状況をもまとめておいた。

（18）主に『現代俳句大辞典』（昭59・9、明治書院）の「馬場移公子」の項（執筆堀口星眠）を参照した。

（19）滝春一は、「私の姉は、盲腸炎の手遅れで手術の後が悪く、丸一年も病院で暮らしてやっと回復すると発行所に勤めさせてもらった。『波郷さんは思いやりの深い人でよくいたわってくれ、時々昼食をご馳走になった』と妹《ママ》から聞いた。それも蕎麦なら藪、鳥料理なら牡丹、鰻や天ぷらは何処というような界隈の有名な店で、うまいものを喰べさせてくれたということである」と述べている〈注（12）と同じ文章、同頁〉。これから、「藪」が蕎麦屋であることがわかる。

（20） 楸邨のこの文章は、『石田波郷全集別巻』（昭63・10）にも収録されている。しかし、『加藤楸邨全集』には収録されていない。『加藤楸邨初期評論集成第三巻』（'92・2、邑書林）には入っている。

（21） 高島茂「懐手」（『石田波郷全集第一巻』の「月報」、昭62・7）

（22） 『朝日新聞』（夕刊、平5・7・3）

付記 『馬酔木』のバックナンバーは、全て東京都新宿区百人町にある俳句文学館で閲覧した。

追記 注（17）にあげた拙論「俳句と小説―眉村卓の場合―」は、「俳句とSF―眉村卓の場合―」と改題して、拙著『山頭火・虚子・文人俳句』（平11・9、おうふう）に収録してある。

II　長谷川櫂—人と作品—

一

長谷川櫂《かい》という俳人がいる。現在、実作と評論の両方において優れた実績をあげている新進気鋭の俳人である。「現代俳壇若手代表の観のある俳人[1]」という評もなされている。しかし、長谷川についてはあまり書かれていない。そこで本稿では、長谷川櫂の人と作品について他の人の評言などを適宜とりいれながら述べていくことにしたい。

長谷川櫂は昭和二十九（一九五四）年二月二十日、熊本県下益城《しもましき》郡小川町に生まれた。本名は長谷川隆喜《たかき》という。

長谷川は県立熊本高校を経て昭和四十七（一九七二）年、東京大学に入学し、俳句と関わりを持つようになる。教養学部で小佐田哲男教授担当の「作句演習」に出たことがそれである。次いで同年、長谷川は小佐田教授指導の東大学生俳句会に所属、機関誌『原生林』に句を発表する。(2)これだけではない。長谷川は小佐田教授が山口青邨主宰の俳誌『夏草』の同人だった関係から『夏草』にも入会、投句する。

長谷川が学生の時の『夏草』を調べてみた結果、判明したことは次の通りである。

(1)長谷川の句が最初に出てくるのは、昭和四十八年九月号であること。一句だけ採られている。

(2)俳号は最初は「長谷川隆喜」、つまり、本名のままであること。ついで、「長谷川たかき」、「長谷川隆樹」などが使われていること。名前をひらがなで書いたり、一部を他の漢字に変えたりしていることに注意したい。俳号を、本名の「長谷川隆喜」から変えようとする気配が窺われる。

二

昭和五十一（一九七六）年、東京大学法学部を卒業した長谷川は、読売新聞東京本社に入社する。社会人になっても、長谷川は句作を続け、『夏草』へ投句する。注目すべきことは、『夏草』の昭和五十一年十一月号で初めて「長谷川櫂」という俳号が使われていることである。以後、この俳号が継続して使われるようになり、現在に至っている。

そのうち、長谷川は俳誌に投句するだけではなく、俳句賞にも応募するようになっていく。

まず、昭和五十二（一九七七）年、『俳句研究』の第五回五十句競作に応募、佳作第三席に入る。『俳句研究』（昭52・2）に「海峡」と題された八句が掲載されている。うち、二句を紹介しよう。句の上の数字は、筆者が便宜上つけた通し番号である。

①さやさやと芦は光をひろげつつ
②桜貝波をぬらして降る雨に

実は、この二句が活字になったのはこれが始めてではない。①の句は、既に『夏草』の昭和四十八年九月号に載っている。つまり、『夏草』に載った、長谷川の最初の句が①の句ということになる。②の句は『夏草』の昭和四十九年一月号に載っている。ここにあげなかった他の六句の中にもこういう句がある。

②の句は、三橋敏雄の「一対一の読み競べ」(『俳句研究』、昭53・1)にもとりあげられている。評はない。

昭和五十三(一九七八)年、長谷川は新潟支局へ移る。新潟でも長谷川の句作は続けられた。当時の『夏草』を見ると、この年の十月号から「新潟　長谷川櫂」で長谷川の句が発表されていることがわかる。

昭和五十四(一九七九)年、長谷川は同じく『俳句研究』の第七回五十句競作に応募、こんどは佳作第二席に入る。前回より上がったことになる。『俳句研究』(昭54・11)に「青春について」と題された十五句が掲載されている。うち、三句を紹介しよう。

③大寒の海より紺の少女来る
④炎昼をゆく乱心の蝶を見よ
⑤すれちがふ男女のさまの冬木あり

これら三句は、小川双々子の「さらに読む」(『俳句研究』、昭55・1)にもとりあげられている。小川の評はない。ただ、このうち、⑤の句について三橋敏雄は、「こう言われてみると、そういう一瞬の姿形を保ちつづけている冬木の在る風景が、ありありと目に泛かんでくる。なるほどと思う[(3)]」と述べ、共感している。

なお、長谷川は昭和五十四年、平井照敏主宰の『槙』に入会、投句を開始する。当時の『槙』を調べると、長谷川の句が始めて『槙』に載ったのはこの年の九月号であり、七句投句のところ四句採られている。以後、たちまち頭角をあらわし、二年後の昭和五十六年九月号では、巻頭をとり、同人に推挙されている。

ここでは、昭和五十五年九月号で次席を得た六句の中から次の一句を紹介しよう。

⑥蛍火や水の上にみづあふれをり

この句について選者の平井照敏は次のように評している。「まだ作風が若いので、一句の世界が雰囲気を持つまでにいたらないところがあるが、その世界をぐいぐいとわがものとしてとりこもうとする力があるのでたのもしい。生硬ではあるが新鮮というところなのである。その強引さが、裏に爆弾をかくす体にひきしめられてくると、ほんとうにこの作者の句風がさだまってくることになるわけである。掲出の句も、蛍火による水の変貌を、おもしろい表現でとらえているわけで、『水の上にみづあふれをり』とは、なかなかの把握というべきである。この平仮名のみづがどんなものかと想像するとき、生物のような水の姿が、生きてうごき出すのである。ことばがさらに柔軟になるとよいのだが(4)」。

俳句賞の件に戻ろう。昭和五十五(一九八〇)年、長谷川は『俳句』の第二十六回角川俳句賞に応募、候補に入る。『俳句』(昭55・10)に「純白」と題された五十句が掲載されている。うち、五句をあげる。

⑦ひとひらの白鳥とほく着水す
⑧花の間に月日の浮かむ吉野かな
⑨夕やみに手をしづめ折る燕子花
⑩端居して祇王のことなど聞いてをり
⑪枯園に陽は円柱の如きかな

選考委員の一人大岡信は、長谷川と彼の句について次のように言う。「非常にサラッと詠んでいて、だけれども、それぞれの句の言葉の磨き方はそうなまなかではない感じがします。『ひとひらの白鳥とほく着水す』なんていうのはおもしろいと思えばおもしろいし、『ひとひらの白鳥』というのが少し巧みすぎているといえばそうかもしれない（中略）。言葉の語感はいい人だという気がします。語感のいい人は伸びると思うもんですから。『花の間に月日の浮かむ吉野かな』『枯園に陽は円柱の如きかな』とか、こういうのは決してスラスラとはできない[5]」（傍点は筆者。以下注記のないものは全て同じ）。

大岡が長谷川の素質を高く評価していることがよくわかる。

三

昭和五十八（一九八三）年、長谷川は東京本社へ戻る。これで五年間の新潟時代は終わったことになる。

新潟時代は、長谷川の生涯にとってけして無駄ではなかった。いや、それどころか、大きな収穫をもたらした。昭和六十（一九八五）年、新潟時代の句を中心にして、第一句集『古志』（昭60・5、牧羊社）が刊行されたからである。

句集『古志』は、おおむね二十代の句を集め、総句数二九九句。題名の「古志」という語は「越」の古い当て字で、要するに新潟の古名である。同時に古い志の文芸である俳句をもさしている。『古志』に「序」を書いた平井照敏は、その中で集中の「佳句」を十七句あげている。うち、十句を紹介しよう。

⑫春の月大輪にして一重なる
⑬花過ぎの朝のみづうみ見に行かん
⑭皿の上の骨の細かき五月闇
⑮雪の渦鴉の渦となりゆくも
⑯袋より白米こぼれ鳥雲に
⑰深山蝶飛ぶは空気の燃ゆるなり
⑱大榾火したたる水のごときかな
⑲古志ふかくこし大雪の雪菜粥
⑳乾鮭の頭もつとも乾びけり
㉑夕桜後ろ姿の木もありて

⑲の句に題名となった「古志」が使われていることに注意したい。

このあと、平井は長谷川と句集について次のように述べる。「かれの齢で、すでにこれほどの円熟をそなえていることは、なみなみならぬ才能と勉強ぶりを示すが、それが何かを典型として、それに形をあわせてゆく行き方から、もっとおのれのなかからおのずから生まれたものに成熟してゆけば、どのような秀作になるか、それこそ先輩の期して待つ楽しみで、また現代俳句へのこの上なき贈りものになる。『古志』はそんな未来がすけて見える若々しい句集である。長谷川の古志、即新志の横溢した未来ある野心的踏み石である」。平井が長谷川にかなりな期待を寄せていたことがよくわかる。

それから、「古志」は「新志」でもあるという平井の見解が興味深い。しかし、平井からこういう激励のことばをもらいながら、長谷川はのち、『槇』を退会し、平井のもとを去る。

四

長谷川は平成元（一九八九）年から、「うつくしきあぎととあへり能登時雨」などの句で知られる飴山實に師事する。このことについて長谷川は、「僕自身についていえば、この春、飴山さんに入門した。また飴山さんの豊かな世界に誘われたひとりというべきか(6)」と述べている同じく平成元年、長谷川は千葉皓史、大木あまりと季刊同人誌『夏至』を創刊する（のち、中田剛も参加。十六号で終刊）。

この年にはもうひとつ特筆すべきことがあった。昭和六十二年から『花神』に連載していた評論をまとめ、評論集『俳句の宇宙』（平元・10、花神社）を刊行したことがそれである。

長谷川の評論は『花神』連載中から好評を博していた。たとえば、飯田龍太は、「俳句の『場』4『いきおい』について」（昭63・3）を次のように賞讃していた。「近来まれに見る出色の作である。今回は対象を主として虚子に定めた内容であるが、久女との関わりにも触れて論旨まことに鮮烈。文脈の斡旋また誠実で気負いがなく、説得力に富む好文であった。この人の文はかねてから共感するものがあったが、みるみる深みを加えて来た。見事というほかはない(7)」。これではべた褒めと言っても過言ではない。

はたして、評論集『俳句の宇宙』は平成二（一九九〇）年、第六回俳人協会評論賞奨励賞と第十二回サントリー学芸賞とを受賞する。後者の賞の選考委員大岡信は、長谷川と『俳句の宇宙』について次のように言う。「長谷川氏は句の実作の面でも、現在その動向が注目されている数少ない若手俳人の筆頭に位置している人である。『俳句の宇宙』はそういう気鋭の俳人が自らの拠って立つ俳句というものの現代社会における存在理由を、根本にまでさかのぼって考えようとした貴重な試論である(8)」。以上から、長谷川が俳句の実作者としてだけでなく、評論家としてもその力量を認められたと言ってよい。

五

長谷川は平成四（一九九二）年、第二句集『天球』（平4・4、花神社）を刊行する。これは第一句集『古志』以後、平成三年までの七年間（三十代前半）の句を集めたもので、総句数四三九句。句の取捨に飴山實の力を借りている。題名の『天球』とは、「地上に立つ人から見た無限に広がる天空(9)」のこと。

次に『天球』の中から佳句と思われる句を十句あげる。

㉒目を入るるとき痛からん雛の顔

㉓紐といて枝ひろがるや桃の枝
㉔花びらのひとひらとゐる真鯉かな
㉕運ばるる氷の音の夏料理
㉖果てしなく一擱みづつ蘆を刈る
㉗からつぽのにほへる桜餅の箱
㉘どこまでも鮑の肉の縮みゆく
㉙つかまへて子供を洗ふ夏木立
㉚鵜を入れしまま干してある鵜篭かな
㉛ひとつづつ冷たく重く蚕かな

㉒の句について大岡信は、次のように説明する。「雛人形を知っている人なら誰でも、この句を読んだ瞬間、なるほどと感じるだろう。飯田蛇笏の名作に『いき〳〵とほそ目かゞやく雛（ひひな）かな』があるが、実際雛の目は切れこんだように鋭い。それでいて優しい。日本雛人形の大きな特徴である。しかしそれを目を『いれる』動作においてとらえた句はたいへん珍しい。作者が心の動きに率直に従ったためのお手柄」[10]。一句の勘所を的確にとらえていて、見事な解説になっている。

㉔㉕㉖㉚㉛の五句について稲島帚木は、「視角がじつにいい。柔かい表現の中に抑え込んだ対象がはっきりしていて、心憎いほど美しく、そして有無をいわせぬ強さがたしかにひそめられている。いつも胸中に育てつづけている詩情が豊かなのであろう」[11]と評している。

五句の中でも㉛の句は諸家より秀句とされ、たとえば、吉田汀史は次のような鑑賞文を書いている。「秋蚕とも思われるが、この蚕に季節感は感じられない。糸を吐き出す前の透蚕か。それが桑の葉の間に累々と蠢いているのだ。『冷たく重く』といっても蚕を手にとったわけではあるまい。写実を通した、いのちの認識なのだ。『ひとつづつ』は蚕でもあり人間でもあろう。生の哀しみを見尽くした句と思う。[12]」「写実を通した、いのちの認識」とは言い得て妙。

平成五（一九九三）年、長谷川は俳誌『古誌』を創刊する。誌名を第一句集からとったことは言うまでもない。俳誌の主宰者となった長谷川は、創刊の辞とも言える「新しき志」において次のように説く。「なぜ芭蕉や蕪村をはじめ数多くの人々が俳句に魅せられたかといえば、それは俳句がその小さな形からは想像もできない大きな宇宙を包み込むことができる詩型であるからである。もともと俳句という文芸の土台には極少の詩型であればこそ極大の世界を包含できるという卓抜な逆転の発想が横たわっている。古来、俳句に志した人々はみな、小こそ大を容れるというこの逆転の契機に賭けてきた。長い年月を経て、俳句を取り巻く環境は様変わりしたが、俳句がこのような志の文芸であることはなお変わらない[13]」。俳句に賭ける長谷川の強い意志が窺われる。

六

次に『天球』以後の句をあげておく。

まず、平成四（一九九二）年から平成六（一九九四）年までの句を六句あげる。

㉜仁丹の畳に跳ねし夜の秋
㉝湯に立ちて赤子のあゆむ山桜
㉞初なすび水の中より跳ね上がる
㉟口あけて腸に日のさす通草かな
㊱都より山ひとつ越え柚子湯かな
㊲夕晴の馬を見飽かぬ枯野かな

㉜は平成四年の句、㉝㉞は平成五年の句、㉟㊱㊲は平成六年の句。

阿部完市は㉟㊱㊲の三句をとりあげ、次のように分析する。「この作者は、景を、季語を、ふとず、らす――その巧妙によって示される快い違和感を感取する。一種の言葉の手品、と私は思っている。／腸は、ちょうかわたか。私はわたと読んだ。また『通草』の通が、口をあけて腸に――裏側で連なっていて『おや』と思わされる。このひねり、思いのずらし――に読者は何かあるか感じさせられ念《おも》わされる。『都より山ひとつ越え』の大ぶりに柚子湯の意外。枯れ野に馬を見ている当り前に、夕晴れと言って読者の思いを揺らす、ずらす。微妙な意識のゆれに、読む者ははっとさせられる。[14]」（傍点は原文のまま）。鋭い分析と思われる。

平成七（一九九五）年の句もあげておく。「小鳥」（『俳句研究』、平7・2）と題された十八句の中から四句。

㊳小鳥来る頃のひびきを長良川
㊴閑かなる障子に影し吊柿
㊵木を漏るる秋日の筋や手水鉢
㊶朱や赤や緋や紅や唐辛子

㊶の句について。唐辛子をこのように色彩だけで表現した句は今迄は皆無だったと思われる。まことに珍しい句。

この年の六月、長谷川は句集『古志・天球』（平成7・6、花神社）を刊行する。これは題名通り、長谷川の二冊の句集を一冊にしたもので、重宝な句集である。評論も「夜の風鈴」「柿」と二編入っている。うち、前者は優れた石田波郷論になっており、見逃せない。

十月には長谷川は日本近代文学会秋季大会（於愛媛大学）で「子規と俳句」という講演をする。長谷川は、虚子の「遠山に日の当りたる枯野かな」をとりあげ、この句は実は難しい句で言葉の重層性がその原因と述べたあと、子規が俳句の革新において押し進めた写生とは言葉の重層性の放棄だったと指摘する。子規が生きていたら、その俳句は一行詩に行きついたであろうとも推測する。そして最後に長谷川は「遠山に」の句と形は似ているが、わかりやすくなるよう工夫された句として自作の「家中の硝子戸の鳴る椿かな」（『天球』所収）を紹介し、話を結んだ。こういうことは実作者のみができることであり、聴衆の一人だった私はさすがと感心した次第である。

最後に平成八（一九九六）年の句をあげておこう。「薫風」（『俳句研究』、平8・6）と題された十六句の中から三句。

㊷顎あげてタイを締むる子風薫る
㊸音もなく揺るる風鐸雲の峰
㊹水呑場あふれて花をただよはす

以上で、初期の長谷川櫂の素描を終りにしたい。

注

（1）大岡信「折々のうた」（『朝日新聞』、朝刊、'94・7・9、のち、『新折々のうた』、'95・10、岩波書店）
（2）「作句演習」や『原生林』については、小佐田哲男「学生俳句雑感」（『夏草』、昭46・1）に詳しく述べられている。
（3）三橋敏雄「続・一人一句」（『俳句研究』、昭55・1、一四二頁）
（4）平井照敏「選後評」（『槙』、昭55・9、一一頁）
（5）飯田龍太、大岡信、岸田稚魚、桂信子、清崎敏郎が出席した選考座談会「安定と挑戦」での発言（『俳句』、昭55・10、一二三頁―一二四頁）
（6）長谷川櫂「歓びについて」（『俳句』、平元・9、一二一頁）
（7）飯田龍太「後記」（『雲母』、昭63・5、『俳句の宇宙』の帯にも載っている。）

（8）大岡信「選評」（原文はサントリー学芸賞授賞式の際、配布された冊子に載っているようであるが、未見。『俳句の宇宙』の帯より引用した。）
（9）長谷川櫂『古志・天球』（平7・6、花神社）の「あとがき」
（10）大岡信「折々のうた」（『朝日新聞』、朝刊、'95・3・2、のち、『新折々のうた2』、'95・10、岩波書店）
（11）稲島帚木「現代俳句に人間は不在か」（『俳句研究』、平3・3、一〇三頁）
（12）吉田汀史「好きな句と遊ぶ」（『俳句研究』、平3・3、一二一頁）
（13）長谷川櫂「新しき志」（『古志』、平5・10、11合併号、三頁）
（14）阿部完市「作者展望Ⅷ」（『俳句研究年鑑'95年版』平6・12、一一二頁）

付記　一　『夏草』と『槇』のバックナンバーは、東京都新宿区百人町にある俳句文学館で閲覧した。
二　長谷川氏の出生地と東大入学年度、サントリー学芸賞の選評について問い合わせの手紙を出したところ、御返事をいただき、本稿に書くことができた。深く感謝する。

III　種田山頭火の第五句集『柿の葉』について

一

昭和十一年十二月十一日付木村緑平宛書簡において、山頭火は句集『柿の葉』の構想を次のように述べている。

六日夜ふけだしぬけに、澄太君が黎々火君といつしよに訪ねて来られました。翌七日は二人連れで湯田温泉に浸りました、その節談合したのですが、句集柿の葉は来春早々出版して下さるさうですから、あなたも句稿をまとめて私の方へ送つて下さい（年内に）、私の分は旅中身辺の雑詠合せて百句位でせう。

これから、(1)大山澄太が句集『柿の葉』の「出版」を提案したこと、(2)山頭火が自分の句だけではなく、緑平の句をも載せようと考えていたこと、(3)山頭火が自分の句は「旅中」の句と「身辺」の句とを「合せて」載せようと考えていたことなどが窺える。

二

句集『柿の葉』は最初の予定の「来春早々」よりは遅れて、昭和十二年八月五日に発行された。どんな特色をもった句集であろうか。

まず、句集『柿の葉』の形態（造本、装幀など）上の特色をあげよう。(1)山頭火の他の句集と同じく、小さく、細長い。そして、折本仕立て。(2)表紙は「柿の葉」という題のみ。(3)扉に「春の雪ふる女はまことうつくしい」という山頭火の句が毛筆で書かれている。(4)一頁の掲載句は三句。(5)最後にあとがきにあたる山頭火の文章がある。(6)ところが、句集を裏表紙から逆に見ていくと、これも毛筆で書かれた「青葉の奥の奥に湧く水のやうな恋」という緑平の句が出てくる。そして、山頭火の場合と同じく、一頁に三句ずつ、緑平の句が掲載されている。つまり、句集『柿の葉』は、山頭火の第五句集『柿の葉』であると同時に緑平の第四句集『柿の葉』でもあり、二人の合同句集と言ってよい。

次に、山頭火の第五句集『柿の葉』の内容（俳句）上の特色をあげよう。

第一は、「旅中」の句を集めた前半と「身辺」の句を集めた後半の二部構成になっていること。前半は、「昭和十年十二月六日、庵中独座にたへかねて旅立つ」という前書をもつ「水に雲かげもおちつかせないものがある」から（筆者注・昭和十一年）「七月二十二日帰庵」という前書をもつ「ふたたびここに草もしげる」までの四十二句。これらの句は山頭火が本州（中国、関西、東海、関東、甲信越、北陸、東北など）の各地を旅したときに詠まれた「旅中」（漂泊）の句である。後半は、「ふたたびここに草もしげる」（この句は前半と後半の境界の句）から「自戒」という前書をもつ「一つあれば事足る鍋の米を磨く《ママ》」までの七十七句。これらの句は、山頭火が其中庵で「身辺」（定住）のものを詠んだ句である。期間は約一年半。句数は一一九句。

山頭火の生涯は漂泊と定住の繰り返しであった。この句集では前半が漂泊の句、後半が定住の句となっており、句集の構成そのものが山頭火の生涯をよく表していることになる。

第二は、前半の「旅中」の句の特色で、芭蕉の『おくのほそ道』に出てくる句を念頭において詠まれた句があること。「日本海岸」という前書をもつ次の三句がそうである。引用句の上の番号や記号は、筆者が便宜上つけたものである。

①こころむなしくあらなみのよせてはかへす
②砂丘にうづくまりけふも佐渡は見えない
③荒海へ脚投げだして旅のあとさき

これらの句が芭蕉の「荒海や佐渡に横たふ天の河」を念頭において詠まれたことは明らかである。問題は違いである。今迄は山頭火のこれらの句は「造型的な空間構成」を重視して作られた芭蕉の句とは違って、「即興的に」[1]作られた句とか、「眼前の実景そのままを」「瞬時に表現した」[2]句とか言われてきた。こういう見解に立つと、山頭火のこれらの句は昭和十一年の夏頃、「日本海岸」で「即興的に」、「瞬時に」詠まれた句ということになる。

本当にそうだろうか。既に昭和十一年一月十九日付木村緑平宛書簡（出した所は「飾磨」）の中に、「砂にうづくまりはるかなる旅のあとさき」という句が書かれていることを見逃してはならない。上半分の「砂にうづくまり」が「砂丘にうづくまり」と変えられて②の句に入っている。下半分の「はるかなる旅のあとさき」が「旅のあとさき」と変えられて③の句に入っている。なお、地名の「飾磨」とは、現在の兵庫県姫路市飾磨区のことである。とすれば、山頭火の「日本海岸」三句は、すでに原句が昭和十一年一月十九日に兵庫県姫路市飾磨区で作られており、それをもとに「荒海」や「佐渡」という語を入れて詠まれた句ということになる。三句は決して「即興的に」、「瞬時に」詠まれた句ではない。

第三は、後半の「身辺」の句の特色で、「柿」の句が多いこと。五句もある。

④何おもふこともなく柿の葉のおちることしきり
⑤にぎやかに柿をもいでゐる
⑥落葉の濡れてかがやく柿の落葉
⑦月からひらり柿の葉
⑧澄太おもへば秋の葉のおちるおちる

「柿」を詠んだ句が多いのは、其中庵の周囲に柿の木が何本もあったからである。山頭火はその様子を「前も柿、後も柿、右も柿、左も柿である。柿の季節に於て、其中庵風景はその豪華版を展開する」（「柿」）と説明している。高藤武馬は「柿の木は其中庵のシンボル[3]」とまで言っている。

注目すべきは、五句のうち四句までもが句集名にもなっている「柿の葉」を詠んでいること。これは山頭火が昭和十一年十月十二日の「日記」に「柿の葉」と書きつけたあと、「私の句集をかう名づけてもよからうではないか、柿の実でもない、柿の木でもない、柿の葉である。／私の好きな葉である。／（中略）／私の句集は柿の葉がふさわしい。／我が心柿の葉に似たり」（傍点は原文のまま、以下同じ）と記しているように、「柿の葉」への思い入れが強かったからである。

更に細く見ると、「柿の葉」の中でも「落葉」であることに気づく。これは山頭火が第五句集『柿の葉』のあとがきで「ことに落葉はうつくしい。濡れてかゞやく柿の落葉に見入るとき、私は造化の妙にうたれるのである」と述べているように、「柿の落葉」に強く魅了されていたからである。

④の句には前書はなく、句中にも緑平の名前は入っていない。従って、緑平とは無関係の句のように見える。しかし、この句が緑平の其中庵訪問を待ちわびて出された昭和十一年十月四日付木村緑平宛書簡に書かれていることを見逃してはならない、④の句は緑平に捧げられた句ととってよい。

⑦の句から、山頭火が「澄太」のことを念頭におきつつ、「柿の葉のおちる」様子を見ていることが窺える。

④と⑦の句から、山頭火にとって緑平と澄太とが重要な人物であることがはっきりとわかる。

三

そういえば、緑平の第四句集『柿の葉』にも題名の「柿の葉」（中でも「落葉」）の句が多い。句数も山頭火と同じく五句。

㋐いつもここで葉を落してゐる柿の木
　憶其中庵
㋑風が柿の葉をおとしに来てゐることか
㋒月がこのごろになつて葉をおとす柿の木
　其中庵を訪れて
㋓柿の葉の落つる音の裏にも柿の木
㋔柿の葉の落つる音をあるじとゐる

㋐の句は緑平の句集の冒頭の句。緑平が山頭火との合同句集名「柿の葉」を強く意識していたことがわかる。「ここで」は緑平宅。

㋑と㋒の句の前書から、緑平が自分の家の「柿の木」を見ながら、やはり、「柿の木」があった「其中庵」を「憶」っていることがわかる。「其中庵」を「憶」うということは、庵の主人山頭火を

「憶」ということである。

㋓と㋔の句の前書から、緑平が実際に「其中庵を訪れて」、「あるじ」の山頭火と一緒に「柿の葉の落つる音」を聞いていることがわかる。

それから、緑平の句集にも大山澄太を詠んだ句が登場する。「澄太来訪」という前書をもつ「子のないふたりが子のないことを」がそれである。この句から、緑平が山頭火とだけでなく、澄太とも親密だったことがわかる。山頭火・緑平・澄太の三人の間には、親交のトライアングルが形成されていた。

山頭火の句集は、第二句集『草木塔』からは全て澄太が編集、発行していた。句集『柿の葉』もそうであった。もし、澄太の尽力がなかったならば、句集『柿の葉』は世に出なかったであろう。とすれば、句集『柿の葉』は山頭火と緑平と澄太の三人で刊行したと言ってよい。

実は、山頭火は早くから、句集『柿の葉』を三人の協力で出そうと考えていた。山頭火が昭和十一年十二月二十八日の「日記」にすでに次のように記していたことを見落としてはならない。

第五句集　柿の葉
山頭火と緑平と澄太の三重奏
△山緑澄―山の緑は澄むと、読めば読まれる。

「三重奏」とは言い得て妙である。山頭火の第五句集『柿の葉』を総合的に見て最も大きな特色をひとつあげるとすれば、それはこの句集が「山頭火と緑平と澄太の三重奏」であったということである。

注

（1）村上護「人間詩人・山頭火の境涯」（『別冊新評　山頭火の世界』、昭53・4、新評社、八六頁、のち、『山頭火読本』、平2・9、牧羊社）

（2）松尾勝郎「山頭火と芭蕉」（『国文学ノート』、第21号、昭59・3、成城短期大学国文学会、七四頁、のち、『山頭火　その精神の風景』、平12・1、おうふう）

（3）高藤武馬「山頭火の俳句」（大山澄太・高藤武馬『山頭火　句と言葉』、昭49・10、春陽堂書店、二九頁）

Ⅳ　野見山朱鳥――川端茅舎との関係を中心に――

一

　野見山朱鳥は大正六（一九一七）年四月二十日、福岡県鞍手郡直方町（現、直方市）に、呉服商を営む父直吉、母ノブの次男として生まれた。本名は正男。そして、昭和四十五（一九七〇）年二月二十六日、肝硬変で死去した。五十三年の生涯ということになる。以下、朱鳥の生涯の特色をあげていきたい。

　第一は、病苦との闘いの生涯であったこと。朱鳥は昭和十（一九三五）年、鞍手中学校を卒業すると、胸を病み、喀血、療養生活に入る。幸い、健康を回復、昭和十三（一九三八）年、上京、東洋精機株式会社に勤めるものの、昭和十五（一九四〇）年、病気が再発、帰郷する。翌年、中耳炎で片方の耳の聴力を失い、さらに、またも喀血、昭和十七（一九四二）年、福岡県古賀の国立療養所清光園へ、次いで、昭和十九（一九四四）年、同県大牟田の国立療養所銀水園へ入る。このあと、日本各地を旅行したりするが、昭和三十一（一九五六）年、盲腸炎となり、手術。昭和三十四（一九五九）年、結核が再発、薬物療法が続くようになる。薬物の影響で昭和四十一（一九六六）年、慢性肝炎になり、その上、昭和四十四（一九六九）年、糖尿病を併発、ついに翌年、肝硬変で死を迎えるに至る。こう見てくると、朱鳥の生涯は、やはり、病苦との闘いの生涯だったと言ってよい。

第二は、朱鳥が生涯を通して美術への関心を持ち続けたこと。朱鳥は鞍手中学校時代から文学だけでなく、美術も好きだった。上京した後、会社に勤めながら、鈴木千久馬絵画研究所（新宿）の夜間部に入り、油絵を学んでいるほどである。昭和二十一（一九四六）年、直方市で東京在住時代に描いた絵画を中心に個展を開催し、これから十九年後の昭和四十（一九六五）年には、洋画グループ「亜土」を結成、福岡で展覧会を開催している。この展覧会は、以後、十二回展まで続くから、本格的である。なお、朱鳥は絵画だけでなく、版画にも取り組み、昭和三十六（一九六一）年には、版画集を刊行したり、秋の版画院展に出品したりしている。こういった朱鳥の美術への関心は、彼の俳句へも影響を与えている。

第三は、朱鳥が人生をともに歩む良き伴侶を得たこと。朱鳥は昭和二十一（一九四六）年、末崎ヒフミと結婚している。ヒフミは看護婦であった。結核、その他の病気で生涯苦しんだ朱鳥にとって、これほど良い伴侶はいないであろう。朱鳥とヒフミの間には、二人の子供が生まれている。上の子が昭和二十三（一九四八）年に生まれた水絵であり、下の子が昭和二十八（一九五三）年に生まれた直樹である。これだけではない。ヒフミは夫朱鳥の指導で句作を始めている。俳号は「ひふみ」である。朱鳥とひふみは俳句を通しても強く結ばれていた。

第四は、朱鳥が高浜虚子と出会ったこと。虚子は俳人朱鳥にとって生涯においてもっとも重要な人物であった。

(1)朱鳥は帰郷し、療養生活をおくっている時、俳句を作るようになる。朱鳥をもっとも強くひきつけた俳人が、『ホトトギス』の主宰者高浜虚子であった。朱鳥は虚子を師として作句に励んだ。朱鳥の『ホトトギス』での成績は良く、「雑詠」欄の上位に入っている。虚子選の時、二回、巻頭をとっているほどである。昭和二十五（一九五〇）年、第一句集『曼珠沙華』を刊行した際、「曩に茅舎を失ひ今は朱鳥を得た」という有名な序文を虚子に書いてもらっている。ここまでは朱鳥と虚子との関係は良好だったと言ってよい。

(2)しかし、昭和二十九（一九五四）年に刊行された第二句集『天馬』に添えられた虚子執筆の序文には、朱鳥の俳句を批判する文句が入っていた。「其後朱鳥君の句は別途の方向に歩みを続けて、今は稍々違った趣を呈するやうになつた。／異常ならんとする傾向は愈々激しくなつて来て、私から見ると具体化が不充分であるやうな感じがする（中略）。／歌とは違つて、俳句は何処迄も客観描写を主として具体化が十分であらねばならぬものと思ふ」がそれである。明らかに、朱鳥と虚子の間には俳句観の違いが生じている。

(3)以後、虚子が朱鳥の句集に序文を添えることはなかった。朱鳥も、虚子が唱えた〈花鳥諷詠〉ではなく、〈生命諷詠〉を唱えるようになっていく。昭和四十二（一九六七）年、朱鳥は『ホトトギス』同人を辞退する。こうして、朱鳥は虚子が築き、発展させた『ホトトギス』の圏外へ去っていったのである。

第五は、朱鳥が俳句の実作だけではなく、俳論もよくし、俳書を多く出していること。それらをあげておこう。『純粋俳句』（昭24・10、竹書房）、『忘れ得ぬ俳句』（昭27・12、書林新甲鳥）、『続忘れ得ぬ俳句』（昭30・8、同）、『助言抄』（昭36・6、菜殻火社）、『俳句への招待』（昭42・5、同）、『川端茅舎』（昭43・7、同）、『川端茅舎の俳句』（昭44・11、同）などがそうである。小説『死の湖』（昭32・3、矢倉書房）もある。

第六は、朱鳥が俳誌『菜殻火』を創刊、発展させたこと。朱鳥は昭和二十三（一九四八）年、田原千暉編集の『飛蝗』の選者となり、翌昭和二十四（一九四九）年、『飛蝗』を『菜殻火』と改題、主宰、昭和二十七（一九五二）年、千暉と話し合い、『菜殻火』を解散、四月号を『菜殻火』創刊号とした。『菜殻火』は順調に発展し、昭和四十三（一九六八）年十一月号で二百号に達した。朱鳥没後は、朱鳥の遺志により、妻のひふみが継承、主宰する。夫朱鳥の指導で句作を始めたひふみは、夫と同じく、『ホトトギス』に投句、俳人としての実力をつけていた。平成十八（二〇〇六）年四月、六百五十号記念大会を直方市で開催、平成十九（二〇〇七）年五月号で六六二号に達し、現在に至っている。

二

俳句に入ろう。

野見山朱鳥の俳句を読むのにもっとも良いものは、『野見山朱鳥全句集』（昭46・5、牧羊社）であろう。この本には、表題のように朱鳥の句集の全てが入っている。句集名をあげれば、『曼珠沙華』（昭

25・9、書林新甲鳥）、『天馬』（昭29・1、同）、『荊冠』（昭34・1、同）、『運命』（昭37・10、菜殼火社）、『幻日』、『愁絶』である。これら六つの句集のうち、終わりの二つは、朱鳥の生存中は刊行されなかった。朱鳥の没後、『野見山朱鳥全句集』が出版されたとき、前の四つの句集とともに収録されたものである。こうして、『野見山朱鳥全句集』は、朱鳥がその生涯に作った句が六つの句集に分けられて全て掲載されている貴重な句集となっている。総句数は二九六五句。

『野見山朱鳥全句集』収録の六つの句集のうち、私がもっとも重要と思うものが、第一句集『曼珠沙華』である。この句集は、昭和二十五（一九五〇）年九月三十日、書林新甲鳥よりB６判、箱入りという装幀で出版された。頁数は一六八頁、定価は三二〇円であった。この句集において、特筆すべきことは、題字と序文を高浜虚子が書いていることである。序文について説明しておこう。頁の右端に「序」と、次いで、中央に「曩に茅舎を失ひ今は朱鳥を得た」と書かれている。一行である。そして、この「序」の左側に「昭和二十五年七月二十七日」「鎌倉草庵　高浜虚子」と日付けと名前が添えられている。なにしろ、たった一行なので、これで序文であろうかと思うほどである。しかし、逆にその簡潔、かつ、直截なところが私達読者を強く惹きつける。題字と序文を虚子に書いてもらったことについて、朱鳥は「後記」において次のように述べている。「虚子先生より題字と序を頂いた。この歓び、この一行の慈文を真実に生きぬきたいと私は念願する」。朱鳥が虚子の恩顧に喜び、感謝し、今後句作に精進しようと強く願っていることが窺える。句は一頁に二句ずつ、「昭和二十年以前」「昭和二十年」「昭和二十一年」「昭和二十二年」「昭和二十三年」「昭和二十四年」というように年代順に掲載されている（これは他の句集でも同じ）。総句数は二六五句。

三

第一句集『曼珠沙華』所収二六五句のうち、私がもっとも重要と考える句は、「昭和二十一年」のところに入っている次の二句である。なお、句の上の番号は、私が便宜上つけた通し番号である。

①火を投げし如くに雲や朴の花
②なほ続く病床流転天の川

①の句も②の句も、朱鳥の代表作と言ってよいだろう。特に①の句は、各種の俳句関係の事（辞）典などによく引用されている。実は、①②の句は初めて世に出たときから評判が良かった。朱鳥が投句をし、虚子の選をうけていた『ホトトギス』のバックナンバーの「雑詠」欄を見ていくと、昭和二十一（一九四六）年十二月号に①②の句が並んで出てくる（当時は二句投句）。驚くべきことに巻頭である。朱鳥にとってはこれが最初の巻頭であった。巻頭をとるということは、①②の句を選者の虚子が高く評価したということである。

これだけではない。昭和二十一（一九四六）年十二月号は『ホトトギス』の創刊六百号にあたり、特別記念号であった。普通の号の巻頭よりも注目された筈である。このあたりの事情について、波多野爽波は次のように述べている。「『ホトトギス』で学んだ人たちはみな『巻頭』を目指してひたすら励んだ訳だが、特に『六百号』の巻頭を鮮やかに攫ってしまった野見山朱鳥の存在には羨望の念を禁じ得なかった。同時に俺だってやるぞというファイトを湧き立たせるに充分な快挙でもあった」(1)（傍点は筆者。以下同じ）。朱鳥の巻頭獲得の素晴らしさとそれを目にした爽波の率直な心情とがよく出ている言葉である。

こうして、『ホトトギス』に投句し始め、数年で①②の句によって巻頭を占めた朱鳥は、その存在を強くアピールすることに成功し、脚光を浴びるようになっていく。よって、①の句と②の句は、朱鳥の出世作と言っても決して過言ではない。

四

②の句からとりあげたい。

②なほ続く病床流転天の川

季語は下五の「天の川」。季節は夏ではなくて秋。「天の川」が美しく見えるのが秋だからである。芭蕉の「荒海や佐渡に横たふ天の河」は有名。中七の「病床流転」で切れる。二句一章の句。

上五・中七の「なほ続く病床流転」とは、どういうことであろうか。朱鳥は「一」で記したように、中学を卒業すると胸を病み、喀血、療養生活に入る。健康を回復すると上京し、会社員になるものの、結核が再発し、帰郷、再度、療養生活を余儀なくされる。療養のために入ったところが、福岡県の古賀の清光園、同県大牟田の銀水園であった。「なほ続く病床流転」は、こういう療養所ぐらしを意味している。それにしても、「流転」という語がいかにも哀切。この語はもともと仏教用語で「生まれかわり死にかわりしてきわまりないこと」（『広辞苑第五版』）という意味である。しかし、朱鳥という一人の人間が結核になり、療養所を転々としている様子を想像すると、なんとも痛ましい気持ちになってくる。

ここで、②の句の意味をまとめておこう。〈療養所を移りながら療養生活をおくっていた作者朱鳥が、まだこういう生活が続くであろうと思いつつ、夜空を見上げると、美しい天の川が出ていた〉というものになろう。こういう句意から、②の句は典型的な〈療養俳句〉と言ってよい。日本の俳句史においては〈療養俳句〉の占める割合は大きい。結核になった多くの人々が療養をしながら、多くの俳句を作ってきたからである。佳句も多い。ここでは、「天の川」と同じ意味の季語「銀河」を用いた句「遠く病めば銀河は長し清瀬村」をあげておく。作者は石田波郷。

五

②の句についての考察は、以上で終わりではない。先に紹介した句意は、あくまでも句の字面から辿ったものである。ここで下五の「天の川」についてもう少し考えてみたい。なぜ、朱鳥は下五に「天の川」を置いたのであろうか。ただ単に夜空に「天の川」が見えたからであろうか。いや、そう

ではない。他にも理由がある。まず、考えられるのは、次のようなことである。「天の川」は夜空にかかった星の川である。川であれば、水が流れる。水が流れるように作者朱鳥も療養所を流れていく。これが「なほ続く病床流転」ということである。ならば、季語「天の川」の使い方としては悪くはない。「なほ続く病床流転」と「天の川」の間にはそれなりのつながりができている。

作者朱鳥はさらに別の意味を込めて「天の川」を使っている。「天の川」には〈七夕伝説〉というものがあることを忘れてはならない。陰暦七月七日、牽牛と織女が一年に一度、「天の川」で会うことができるというあの物語である。つまり、「天の川」には、恋愛の物語が込められている。そして、実は、②の句の下五に「天の川」を置いた作者朱鳥も恋愛と無関係ではなかった。相手は末崎ヒフミ（俳号ひふみ）である。ひふみは福岡県立保健婦学校（現、福岡県立大学看護学部）を卒業した看護婦であった。朱鳥はひふみと交際し、昭和二十一（一九四六）年に結婚している。朱鳥が二十九歳、ひふみが二十三歳のときのことであった。『曼珠沙華』には、朱鳥がひふみとの恋愛と結婚を詠んだ句とれる句が出てくる。それらをあげておこう。

③嫦曳に天の雷火の下急ぐ
④手にふれし汗の乳房は冷たかり
⑤炎天に恋焦れゆくいのちかな
⑥逢ふ人のかくれ待ちゐし冬木かな
⑦天高く地に菊咲けり結婚す

③④⑤⑥の句は、「昭和二十年以前」のところに、⑦の句は、「昭和二十一年」のところに入っている。これら五句を見ていくと、朱鳥とひふみが恋愛をし、結婚に至るまでの経緯が手に取るようにわかる。二人の恋愛が鮮やかに描かれているからである。第一句集『曼珠沙華』には、青春句集という面もある。

朱鳥は②の句において、決して辛い療養生活だけを詠んでいるのではない。下五に「天の川」を置くことによって、「天の川」にまつわる牽牛と織女の恋愛を、そして、実生活で進行しているひふみとの恋愛をそれとなく示している。こう考えてくると、②の句は表面的には暗い句のように見えるが、けしてそれだけではなく、裏（または底）に恋愛が存在する、明るさを感じさせる句とも言えるのである。言い方を変えて、救いのある句、未来のある句と言ってもよい。以上のようなことが言えるのは、朱鳥が②の句の下五に「天の川」を置いたからである。「天の川」は実に大きな役割を果たしていることになる。

六

①の句に移ろう。

①火を投げし如くに雲や朴の花

中七の「如くに雲や」の「や」は切れ字だからここで切れる。②の句と同じく二句一章の句。季語は下五の「朴の花」。季節は夏。ある歳時記には次のような説明が出ている。「モクレン科の落葉高木。花は五月ごろ枝先に上向きに開くために下からは見えにくい。芳香が強い帯黄白色の直径約一五センチの大輪で、花弁は六―九枚」[2]。こういう説明のあとに例句が十句出ている。十句の中に①の句が入っている。先の①の句は、各種の俳句関係の事（辞）典などによく引用されていると述べておいたが、このように歳時記にも引用されている。とすると、①の句は、朱鳥の数多い俳句の中でもやはり、代表作として広く認められている句と言ってよい。

ここで想起しなければならないことがある。それは、朱鳥が若い頃から絵をかくことが好きで、川端茅舎と同じく画家になることを望んでいたということである。上京したときは、会社に勤めながら、夜、絵画研究所へ通っていたほどである。俳句の道へ入ってからも絵画への関心を捨てたわけではなかった。その結果、朱鳥の俳句には絵画的な側面が出てくることになる。①の句もそうである。そこで、①の句の句意は、絵を説明するやり方で述べていくことにする。

全体の感じから言って、この絵は水彩画ではないようである。油彩画、つまり、油絵のように見える。画面の手前（近景）に朴の木が描かれている。本数は何本だろうか。ふつう、朴の木は庭などでは一ヶ所に沢山は植えられていない。「高木」になるからである。だから、本数は一本だろう。多くても二本だろう。そして、この朴の木は根元から天辺までは、つまり、全体像は描かれていない。描かれているのは、木の上の方だけだと思われる。たぶん、木の二分の一、または三分の一から上であろう。そして、幹、枝、やや広目の葉、白い「花」が描かれている。この花は「枝先に上向きに開」いている。

画面の奥（遠景、または、背景）に「雲」の群れが描かれている。ただの「雲」ではない。「火を投げし如くに雲や」とあるから、「火を投げ」たかのような「雲」である。では、こういう「雲」はどんな「雲」なのであろうか。火にはさまざまな属性がある。(1)色がある。赤い。(2)熱がある。熱い。(3)音がある。(4)意味がある。情熱などを示すことがある。こういうさまざまな属性のうち、朱鳥がもっとも好んだのが、「朱鳥」という俳号からもわかるように、(1)の色＝赤である。だから、画面の「雲」は赤い「雲」ということになる。赤い雲にも二種類ある。朝日で赤くなる雲、つまり、朝焼けの雲と夕日で赤くなる雲、つまり、夕焼けの雲である。どちらの雲であろうか。朝焼けの雲では、主に朝日の近くの雲しか赤くならない。しかし、夕焼けの雲なら、空のかなりの雲が赤くなる。画面の赤い「雲」は夕焼けの「雲」であろう。

こう考えてくると、この絵は画面の手前に白い「朴の花」が、そして、画面の奥に赤い夕焼けの「雲」の群れが描かれている油絵ということになる。構図といい、色彩といい、なかなかの絵ではあるまいか。橋本鶏二は①の句について「白妙の朴の花と火のように赤い雲との対照が鮮烈だ」(3)と評し、朱鳥の色彩感覚の良さを賞讃している。①の句には、やはり、絵画的側面が濃厚にある。

七

ところで、①の句には表現の上で大きな特色がある。それは中七に「如くに」という表現が使われていることである。「如」は比喩を示すことばである。よって、①の句は、いわゆる〈比喩俳句〉ということになる。

では、なぜ、朱鳥は①の句の中に「如」を使い、〈比喩俳句〉を作ったのであろうか。それは、当時の俳壇に〈比喩俳句〉をよく作る俳人がいたからである。誰か。川端茅舎がその人である。虚子が朱鳥の第一句集『曼珠沙華』に寄せた「序」において「嚢に茅舎を失ひ今は朱鳥を得た」と書いたあの茅舎である。朱鳥と同じく病弱だった茅舎は、昭和十六（一九四一）年七月十六日、四十四歳で逝去した。しかし、茅舎は朱鳥に大きな影響を与えている。

では、朱鳥は茅舎と彼の〈比喩俳句〉にどんなふうに出会ったのだろうか。以下、朱鳥の『川端茅舎』（昭43・7、菜殻火社）を参照しつつ述べていこう。朱鳥が茅舎の存在を知ったのは、上京中ではなくて、昭和十五（一九四〇）年、病気が再発し、帰郷してからのことである。朱鳥が家に帰ると、兄の直美が俳句に「深入り」し始めていた。「桔梗園」という俳号も持っていたし、俳書も集めていた。朱鳥は兄の俳書を借りて読んでいき、茅舎を知る。朱鳥が最初に強い印象を持った茅舎の〈比喩俳句〉は、次の句である。なお、句の上の記号は、私が便宜上つけたものである。

㋐螢火に象牙の如き杭ぜかな

㋐の句について朱鳥は次のように述べている。「『如』比喩の最初の句は異様に青白い光に包まれている。螢の飛んでいる小川の杭という現実の景が『象牙の如き』の比喩によって忽ちにして現実を離脱してしまう、このような比喩がかつて俳句の世界の中にあっただろうか」。朱鳥が㋐の句に大きな衝撃をうけたことがわかる。朱鳥はまた「私は不意に身震するような戦慄を背筋に感じ」たとも述べている。文学作品、中でも極端に短い俳句を読んで「戦慄」を「感じ」るということはそうはあるまい。朱鳥と茅舎の〈比喩俳句〉との最初の出会いは、まさに奇跡的な出会いと言ってさしつかえない。これをきっかけにして、朱鳥はいわゆる「茅舎浄土の世界へと足を踏み入れ」、朱鳥自身も〈比喩俳句〉を作るようになっていったのである。以上が①の句の中に「如」が使われた理由である。

八

①の句の二つ目の特色として、次にとりあげたいのは、下五の「朴の花」である。なぜ、朱鳥は「朴の花」を使ったのであろうか。「如」の使用と同じく、茅舎の句の影響がある。帰郷した朱鳥は、兄が買ってきた『ホトトギス』をも読むようになる。当時の『ホトトギス』には、逝去直前の茅舎の句が載っていた。注目すべきは、昭和十六（一九四一）年七月号に載った次の句である。

㋑我が魂のごとく朴咲き病よし
㋒天が下朴の花咲く下に臥す
㋓朴の花白き心印青天に
㋔朴の花猶青雲の志

四句採られている。順位は五席。巻頭が近い。四句とも季語が「朴の花」であることを見逃してはならない。㋑の句には「朴の花」という季語は出ていないが、「朴咲き」を「朴の花」と同じととってよいだろう。

四句から次のことがわかる。(1)茅舎宅には庭があること。(2)庭には「朴」の木があること。(3)「朴」の木がちょうど「花」を咲かせたこと。(4)茅舎は庭に面した部屋に「臥」していること。(5)茅舎は「臥」しながら、庭の「朴」の木の「花」を見上げていたこと。(6)そして、四句を作ったこと。四句の中でもっとも重要なのは、㋑の句である。「朴（の花）」が茅舎の「魂のごとく」と表現されている。朱鳥の①の句と同じく、「ごとく」も「朴（の花）」も出ている。

次号の昭和十六（一九四二）年八月号に載った次の句も重要である。

㋕父が待ちし我が待ちし朴咲きにけり
㋖朴の花眺めて名菓淡雪あり
㋗朴散華即ちしれぬ行方かな

七月号のように四句採用ではなく、三句採用である。しかし、三句でも巻頭を占めていることが大切である。虚子がこれら三句を高く評価していることがよくわかる。七月号と同じく、八月号でも全ての句の季語が「朴の花」。茅舎が七月号、八月号と続けて「朴の花」の句を投句していたことがわかる。ただし、八月号の句の中には、㋑の句のように「ごとし」を使った句はない。

八月号で驚くべきことは、奥付けの前の頁に黒枠で囲まれて「川端茅舎氏を深悼す」という虚子の文が載っていることである。これから、「朴の花」の句三句で巻頭を占めた茅舎が、逝去したことがわかる。茅舎の死を惜しんだ虚子は、一頁を丸々使って弔辞を載せたのである。傾倒する茅舎の急逝は、朱鳥にとっても大きな衝撃であった。朱鳥はこれを「私にとって決定的な第二の戦慄」と述べている。それだけに茅舎が死の直前に『ホトトギス』に発表した一連の「朴の花」の句は、朱鳥の記憶に強く残った筈である。この「朴の花」が①の句を作るとき、記憶の中から蘇生し、下五に使われたのであろう。以上が私が考える「朴の花」が①の句の下五に使われた理由である。

「七」でとりあげた「如」と「八」でとりあげた「朴の花」とを合わせれば、①の句「火を投げし如くに雲や朴の花」が成立することになる。「如」も「朴の花」も茅舎の句の影響をうけて使われていることは明らかである。だからといって、①の句の価値が低くなるわけではない。表現が「火の如き雲」ではなく、「火を投げし如くに雲」になっていることに注目した飯島晴子は、「言葉がこらえられて弾力性を持ち、時空は広がりと独自性を備え」ていると述べたあと、「気魄のこもった作品となった」(4)と賞讃している。

九

「火」と言えば、『曼珠沙華』には他にも「火」を用いた佳句がある。

⑧寒紅や鏡の中に火の如し

季語は「寒紅」。季節は冬。⑧の句は女性、たぶん、妻のひふみが「鏡」を見ながら、口紅をつけているところを詠んだものであろう。「鏡」に映った赤い口紅を「火の如し」ととらえている。

⑨火の独楽を回して椿瀬を流れ

初出は『ホトトギス』の昭和二十四（一九四九）年十月号。八席。季語は「椿」。季節は春。⑨の句は谷川の「瀬」に落ちた「椿」を詠んでいる。「椿」は散るとき、一枚一枚の花びらになって散ることはない。まるごと地に落ちる。これは「瀬」に落ちるときも同じである。だから、「瀬」に落ちた「椿」はまるごと「流れ」ていく。そのとき、「流れ」る水の勢いで「椿」の花は「廻」る。その様子はまるで「独楽」のようである。「椿」の花の色は、鮮紅、淡紅、白色などいろいろある。朱鳥が目撃した「椿」の花の色は鮮紅、つまり、鮮やかな赤だったのだろう。赤ければ、「火」のように見える。かくて「瀬」に落ちて「廻」りながら、「流れ」ていく赤い「椿」の花を、朱鳥は「火の独楽」と表現したのである。ここでは「如」は使われていないから、この比喩は直喩ではなく、暗喩、それも見事な暗喩になっている。①の句のように「如」、つまり直喩を使って佳句を作った朱鳥は、⑨の句のように暗喩を使っても佳句を作った俳人である。

十

以上から、朱鳥が「火」の属性の中から、主に色（＝赤）をとりあげて使っていることがわかった。朱鳥は赤という色を使った句を多く作っている。最も有名な句は次の句であろう。

⑩曼珠沙華散るや赤きに耐へかねて

初出は『ホトトギス』の昭和二十二（一九四七）年四月号。十二席。中七の途中の「散るや」の「や」は切れ字。ここで切れる。切れ方が変則的である。もっとも、こういう切れ方の句は他にもある。中村草田男の「万緑の中や吾子の歯生え初むる」がそれである。季語は上五の「曼珠沙華」。季節は秋。「曼珠沙華」は地面から茎が出てまっすぐ天に向かって伸びていく。このとき、茎には葉は一枚もない。茎の天辺に真赤な輪状の花を咲かせる。花が咲く時期から「彼岸花」とも言われる。また、墓地などによく生えるので、「死人花」という不吉な別名もある。山口誓子の「つきぬけて天上の紺曼珠沙華」は有名。

⑩の句で大切なところは、下半分の「赤きに耐へかねて」。ふつうに言えば、「赤きに耐へかねて曼珠沙華散る」となるところをひっくり返している。つまり、倒置法が使われている。朱鳥はなぜ、倒置法を使ったのだろうか。朱鳥は倒置法を使うことによって「赤きに耐へかねて」を強く訴えようとしたのだ。そうすると、⑩の句は、「曼珠沙華」が「散る」のは自分自身が内部に持っている「赤」に「耐へ」きれないためであると作者朱鳥が強く主張している主観的な句ということになる。こうなると、⑩の句はもはや、虚子が唱えた〈客観写生〉の句ではなくなっていると言ってさしつかえあるまい。

では、句の「赤」は何を意味しているのであろうか。いろいろあろうが、ここでは鍵和田秞子が述べている「生命の燃焼[5]」ととっておきたい。この「生命」は「曼珠沙華」の「生命」であると同時に作者朱鳥の「生命」でもあろう。朱鳥は今は生きていても、そのうち「赤」い血を吐いて死ぬかもしれない。だから、朱鳥にとって、「赤」い花を咲かせてそのうち散っていく（＝死んでいく）「曼珠沙華」は、単なる一植物ではなくなっている。他ならぬ朱鳥自身なのである。

朱鳥はのち、虚子の唱える〈花鳥諷詠〉ならぬ〈生命諷詠〉を唱えるようになっていく。そのきざしは、早くもこの第一句集『曼珠沙華』収録の⑩の句にはっきりと出ている。文学の世界においては、第一作に作家の全てが出ているとよく言われる。朱鳥の場合も同じである。こういう点でも、第一句集『曼珠沙華』は重要なのである。

赤い花を咲かせる曼珠沙華を好み、第一句集の題名にもした朱鳥は、他にも曼珠沙華の句を作っている。

⑪花散りしあとは虚空や曼珠沙華

⑩の句とともに『ホトトギス』の昭和二十六（一九五一）年十月号に載った句。⑩の句の続きと言ってよいもの。⑩の句は満開の「曼珠沙華」を詠み、⑪の句は「花」が「散」ったあとの「曼珠沙華」を詠んでいる。この句のポイントは中七にある「虚空」。句中の「曼珠沙華」の茎にとっては、あるのは「虚空」、つまり、何もない「空」ということになろうが、朱鳥にとっては、そうはならない。朱鳥にとっては、「虚空」とは、死にほかならないからである。⑪の句は⑩の句の結末を、それも重い結末を詠んでいる。

⑫曼珠沙華竹林に燃え移りをり

初出は『ホトトギス』昭和二十五年（一九五〇）年五月号。十三席。⑫の句の良いところは、「燃え移りをり」。これは「曼珠沙華」が増え、元元生えていた野原などから近くの「竹林」へ勢力を拡大し、「竹林」においても真赤な花を咲かせている様子を詠んだものであろう。他の花なら「燃え移りをり」とは詠めない。しかし、「曼珠沙華」の花は火のように赤いから、「燃え移りをり」と詠んでも少しもおかしくない。たくましく増えていき、あちこちに赤い花を咲かせてる「曼珠沙華」の様子を鮮やかに表現している。

十一

ところで、①の句には特色が二つあった。一つは、「如」の使用であった。ここで朱鳥の各句集における、「如」を使った俳句の数を一覧表にして示そう。

順序	句集名	総句数	「如」俳句数	%
1	曼珠沙華	265	46	17
2	天馬	267	33	12
3	荊冠	545	24	4
4	運命	524	15	3
5	幻日	744	21	3
6	愁絶	620	22	4

これを見ると、各句集における「如」俳句=〈比喩俳句〉の割合は、(1)第一句集『曼珠沙華』が最も多いこと、(2)第二句集『天馬』から少なくなっていること、(3)しかし、ゼロにはなっていないことがわかる。以上から、朱鳥はその生涯を通して、茅舎がよく作った「如」俳句を作り続けたと言ってよいだろう。

次に、①の句のように「火」と「如」が一緒になっている句を『曼珠沙華』以外の句集から引き、紹介したい。

⑬阿蘇の火に飛び込む火蛾の如く来し（昭25、『天馬』）
⑭火の沼の如く月下の菜殻燃ゆ（昭32、『荊冠』）
⑮独楽廻り少年時代火の如し（昭34、『運命』）
⑯火柱のごとく虹立つ冬の海（昭38、『幻日』）
⑰癒ゆる日のはるかなるごと山火燃ゆ（昭42、『愁絶』）

十二

①の句の特色の二つ目は、「朴の花」の使用であった。朱鳥は茅舎が実生活で愛し、かつ、句にも詠んだ「朴（の花）」を取り入れ、①の句を作った。これだけではない。朱鳥は次のような句も作っている。

⑱生まれ来る子よ汝がために朴を植う（昭28、『天馬』）
⑲わが家のひんがしに朴植えにけり（　同　）

⑱の句は、『ホトトギス』の昭和二十八（一九五三）年七月号で「雪を来し足跡のある産屋かな」と

ともに巻頭をとった句（選者は虚子ではなく、息子の年尾）。朱鳥にとって三回目の巻頭であった。

⑱⑲の句は、妻ひふみが妊娠し、出産間近のときに作られた句であろう。朱鳥は「生まれ来る子」のために茅舎が好きだった「朴」を「家」の「ひんがしに植え」ている。いくら茅舎に傾倒し、その生き方や作句の方法に影響を受けたと言っても、ここまでする俳人はたぶんいないであろう。朱鳥が茅舎の強い影響下にいたことがよくわかるエピソードである。ちなみに「生まれて来」た「子」は、俳句が作られた年が昭和二十八（一九五三）年だから、第二子で長男の直樹の筈である。「樹」に注目したい。朱鳥は「子」の名前の中に「朴」の樹の「樹」を入れている。

十三

②の句の下五は「天の川」だった。朱鳥は他にも下五に「天の川」を用いた句を作っている。次の句がそうである。

⑳茅舎忌の夜はしづかに天の川

⑳の句は、第六句集『愁絶』の「昭和四十二年」のところに入っている。上五に「茅舎忌」が使われていることに注目したい。朱鳥が「茅舎忌」の句を作ったのは、⑳の句が初めてではない。既に次のような句も作っていた。

㉑茅舎忌の炎天のもと錐を買ふ

㉑の句は、第三句集『荊冠』の「昭和三十一年」のところに入っている。こう見てくると、昭和十六（一九四一）年七月十六日に亡くなった茅舎のことを朱鳥が決して忘れることなく、十五年後の昭和三十一（一九五六）年に、そして、二十六年後の昭和四十二（一九六七）年に茅舎を偲ぶ句を作っていることがわかる。⑳の句において、上五に「茅舎忌」を、下五に「天の川」を置いた朱鳥の心中は、いかなるものであったのだろうか。「茅舎忌」の七月十六日の「夜」、一人で「しづかに」「茅舎」のことを偲んでいた朱鳥が空を見上げると、「天の川」がかかっていた。そのとき、朱鳥の体と心は、空を飛んで「天の川」へ行き、茅舎に会っていたのではあるまいか。朱鳥は想像力の強い俳人であった。朱鳥の体と心は空をいとも軽々と飛んでいく。朱鳥は⑳の句の前にすでに次のような句を作っていた。

㉒星の中銀河に添うて歩きけり　（昭26、『天馬』）
㉓大空にわが足跡や天の川　（昭27、『天馬』）
㉔生死なし銀河のひかり踏み歩く　（昭41、『愁絶』）

これら三句から、朱鳥がまぎれもなく「銀河」「天の川」へ行っていたことがわかる。とすれば、

⑳の句においても、「夜」、「しづかに」茅舎を偲んでいた朱鳥が空を飛び、「天の川」へ行き、茅舎と会っていたと考えるのは、少しも不思議ではないであろう。こう考えられるほど、朱鳥は茅舎と強く結びついていたのである。

注

（1）波多野爽波「思い出すままに」（『野見山朱鳥』、平5・9、花神社、一〇〇頁）
（2）『合本俳句歳時記第三版』（平18・10、角川書店、「朴の花」の項）
（3）橋本鶏二「野見山朱鳥」（大野林火他編『近代俳句大観』、昭9・3、明治書院、三八四頁）
（4）飯島晴子「野見山朱鳥」（『日本名句集成』、'91・11、学燈社、四六四頁）
（5）鍵和田秞子「野見山朱鳥」（尾形仂編『俳句の解釈と鑑賞事典』、'79・4、旺文社、四八六頁、のち、同編『新編俳句の解釈と鑑賞事典』、'02・6、笠間書院）

Ⅴ　角川源義―死者を詠んだ句を中心に―

一

初めに、角川源義の生涯とその特色について述べておきたい。

角川源義は大正六（一九一七）年十月九日、富山県中新川郡水橋町（現、富山市水橋）に、米穀問屋を営む父源三郎、母八重の末子として生まれた。本名も源義。そして、昭和五十（一九七五）年十月二十七日、死去した。五十八年の生涯であった。源義は句集『秋燕』（昭41・11、琅玕洞）の「あとがき」において、自分の生涯を振り返り、次のように述べている。「中学時代の私は、俳句に懸命の地を見出さうとした。大学に進み、武田、折口両先生に師事すると、たちまち変節して学問一途な自分を夢見た。ながいあひだ、私はどちらの神にも見離され、出版といふ家業を選んでゐた」。源義がその生涯において為した事柄がはっきりと示されている。「俳句」（俳人）と「学問」（学者）と「出版」（実業家）の三つである。

「俳句」から述べよう。源義が「俳句」に関心を持ち始めたのは、昭和五（一九三〇）年に入学した富山県立神通中学校（現、富山県立富山中部高校）時代だった。昭和七（一九三二）年、地元の若手俳人達が結成していた「蝌蚪《かと》会」で片桐兎詩《とし》を知り、句作に熱中、俳誌『草上』（伊東月草主宰）に投句。昭和八（一九三三）年、校友会誌に「俳人小林一茶の一生涯」を発表。中学を卒業すると、昭和十一（一九三六）年、上京、『草上』発行所（伊東月草居）に寄宿。昭和十二（一九三七）年、『草上』が百号記念論文を募集すると、「金尾梅の門研究」を投稿、入選。しかし、源義は国学院大学予科に入学後、句作を断念する。源義が折口信夫の短歌結社「鳥船社」に加わったからである。

「学問」に移ろう。源義が「学問」と出会ったのは、上京し、東京市立一中（現、東京都立九段高校）補習科に通っていた時のことである。源義は折口信夫の『古代研究』と運命的な出会いをする。その様子を源義は「灰色の季節」（『俳句』、昭46・5）において、次のように述べている。「学校の帰りに神田の古本街を歩いてゐると、店頭に積まれた雑誌のなかに、折口信夫の『古代研究』が仮綴のかたちであつた。レッテルに四十銭とある。私の胸は高鳴り、大変なものめぐりあつた思ひがした。五十銭銀貨一枚しか持ちあわせてゐぬから、帰りの電車賃のために値切ると三十銭にしてくれた。この一冊との出会いが、私の行方を決定した（中略）。『古代研究』を手にした私は禁断の木の実を食ふやうに興奮し、電車も乗りすごしたほどだつた」。奇跡的な出会いと言ってよい。

こうして、源義は昭和十二（一九三七）年、国学院大学予科へ。次いで、昭和十四（一九三九）年、同大学国文学科へ入学し、折口信夫、武田祐吉、柳田国男らに教わる。源義は「学問」上の師に恵まれていたことになる。源義もよく学び、学部の一年の単位論文「悲劇文学の発生」、二年の単位論文

「和邇部氏の伝承」を国文学科の機関誌『国文学研究』に発表。昭和十六（一九四一）年、卒業すると、昭和十七（一九四二）年、東亜学院教授に就任、研究論文集『悲劇文学の発生』を青磁社より刊行。このままいけば、源義は「学問」と教育の世界で生きていくことになったであろう。しかし、源義はそうはしなかった。昭和十九（一九四四）年、東亜学院教授を辞職、昭和二十（一九四五）年、城北中学校教諭も辞職し、全く別の仕事を始めるのである。

それが「出版」の仕事だった。昭和二十（一九四五）年、源義は角川書店を創立する。東京都板橋区小竹町の自宅応接間を事務所とした。最初に出したのは、佐藤佐太郎の歌集『歩道』（昭21）。次が『堀辰雄作品集』（昭21）。これはのち、毎日出版文化賞を受賞する。阿部次郎の『合本三太郎の日記』（昭25）の文庫本はかなりな反響を呼んだ。しかし、角川書店の名を高からしめたのは、昭和二十七（一九五二）年刊行の『昭和文学全集』だった。これはあたり、以後の全集ブームの先がけとなった。

ここでまた、源義と「俳句」との関係に戻り、すこし詳しく述べてみたい。句作を中止していた源義は、ふたたび句作を始める。昭和二十二（一九四七）年一月、故郷富山で創刊された俳誌『古志』（金尾梅の門主宰、昭和二十七年、『季節』と改題）に幹部同人として参加するのである。そして、同誌の三月号に「俳句の宿命㈠」を発表。これは桑原武夫の俳句第二芸術論への反論であり、西東三鬼らに注目された。昭和三十一（一九五六）年、「季節賞」を受賞。

源義が俳人の中でもっとも高く評価し、尊敬していた俳人は、飯田蛇笏だった。源義は昭和二十六（一九五一）年、山梨県境川村に赴き、蛇笏と初対面をしている。以後、源義は蛇笏について書くことが多くなる。「甲斐の春」（『現代俳句』、昭26・8）、「『雪峡』の悲願」（『雲母』、昭27・3）、「晩年の蛇笏」（『雲母』、昭41・8）、『飯田蛇笏』（福田甲子雄との共著、昭48・5、桜楓社）などがそうである。

第一句集は『ロダンの首』（昭31・5、近藤書店）。次いで、『秋燕』（前出）、『神々の宴』（昭44・12、牧羊社）、『冬の虹』（昭47・11、東京美術）、『西行の日』（昭50・5、牧羊社）と刊行。最後の『西行の日』は、源義没後の刊行。この句集により、源義は昭和五十一（一九七六）年二月、第二十七回読売文学賞を受賞。最晩年の源義の作品は、「かるみ」の域に達したと評されている。

次に「俳句」（俳人）と「出版」（実業家）とが結びついてなされた事柄をあげよう。

①総合俳句誌『俳句』の創刊。それまでは、改造社から『俳句研究』が出ていた。昭和二十七（一九五二）年六月、源義は『俳句研究』に対抗するような形で、新しい総合俳句誌を創刊、自分が経営者となっていた角川書店から刊行する。

巻頭に虚子の句「登山する健脚なれど心せよ」を掲載。『俳句』という誌名については、「編集後記」において「『俳句』に接頭語も接尾語も附することなく、大通りを歩かせたいといふ念願」から『俳句』としたと説明されている。初代編集長は石川桂郎だったから、この文章は桂郎によって書かれたものであろう。しかし、俳人兼角川書店経営者の源義の意図が強く入っていたと思われる。ちなみに桂郎の次の編集長は源義自身である。

②角川俳句賞の創設。賞名に「角川」という固有名詞が入っていることに注目したい。これは、昭和三十（一九五五）年、角川書店が俳句界の有望な新人を発掘する目的で、角川短歌賞と同時に設けたもの。鬼頭文子（第一回）、岸田稚魚（第三回）、村越化石（第四回）、磯貝碧蹄館（第五回）などが受賞。

③俳誌『河』の創刊。昭和三十二（一九五七）年十二月、源義は自分が主宰者である俳誌を角川書店より刊行する。源義は「『河』発刊の言葉」において次のように述べている。「戦後俳句は他の短詩型文学に比して大きな業績を残しました。しかし、そのために俳句が詩としての本来の使命である抒情性を喪失したことは誠に遺憾でありました。最近の俳壇では定型に対する懐疑や無季俳句運動が生じて参りました。ある意味では俳句は日本における唯一の伝統ある国民文学だと云えます。伝統否定の前にもう一度この伝統に立ち帰る必要はないでしょうか」（傍点は筆者。以下同じ）。「抒情性」の尊重と「伝統」への回帰とが主張されている。

なお、源義の没後、『河』は進藤一考、妻角川照子を経て、平成十六（二〇〇四）年から、長男角川春樹が引き継いでいる。平成十九（二〇〇七）年五月号で五八二号に達し、現在に至っている。

④蛇笏賞の創設。昭和四十二（一九六七）年、角川書店によって創設された賞。源義は自分が尊敬してきた飯田蛇笏の名前を使い、優れた俳人を顕賞する賞を創設した（これと同時に源義は優れた歌人を顕賞する賞として迢空賞も創設）。こういう源義の行為は、小説家でありながら文藝春秋社を起こした菊池寛が、友人芥川龍之介の名前を使って芥川賞を創設したことに匹敵する。現在、俳句界最高の賞とされている。第一回受賞者は皆吉爽雨。ちなみに長男春樹は、第二十四回（昭35）の受賞者。第四十一回（平19）の受賞者は、岡本眸。

それから、源義が昭和三十八（一九六三）年の俳人協会の設立、昭和五十一（一九七六）年の俳句文学館の建設にも尽力したことを付け加えておく。

以上のように、源義の俳句界への貢献は大きかった。これも源義が俳人兼実業家という特異な存在だったからである。

他の著書として、随筆集に第二十回日本エッセイストクラブ賞を受賞した『雉子の声』（昭47・1、東京美術）と『幻の赦免船』（昭50・12、読売新聞社）、評論集に『近代文学の孤独』（昭33・5、近代文藝社）、句集に『角川源義全句集』（昭56・12、角川書店）と『季題別角川源義全句集』（昭61・9、角川書店）、全集に『角川源義全集全五巻』（昭62・10—昭63・10、角川書店）がある。

二

俳句に入ろう。

角川源義の俳句を知るには、「一」にあげた『ロダンの首』、『秋燕』、『神々の宴』、『冬の虹』、『西行の日』の五つの句集と「『西行の日』以後」とを読めばよい。

五つの句集のうち、まず、とりあげたいのは、第一句集『ロダンの首』である。文学の世界においては、第一作に作家の全てが現れているとよく言われる。これは、角川源義の場合にもあてはまると思われる。

第一句集『ロダンの首』には、昭和八（一九三三）年から昭和三十一（一九五六）までの句四八〇句が収録されている。ただし、昭和三十一（一九五六）年が先、昭和八（一九三三）年が後という逆編年体である。

『ロダンの首』において、最も広く知られているのは、次の句であろう。句の上の数字は、私が便宜上つけた通し番号である。

①ロダンの首泰山木は花得たり　（昭30）

季語は「泰山木の花」（夏）。上五の「ロダンの首」が句集名になっている。この件について源義は「あとがき」で次のように述べている。「この集の書名には、長いあひだ頭をなやましたが、結局『ロダンの首』とした。私の愛蔵するロダンの彫刻に名を借りたわけだが、日本のロダンであつた高村光太郎さんが逝去され、私は今日その葬に加はり、改めてこの意義を思ひうかべてみた。直接この句集の名となつたのは、『ロダンの首泰山木は花得たり』の句からであつた。昨年私の家が出来たをり、俳壇の諸先生、諸先輩から泰山木を贈られ、新宅びらきの句会を催したをりに作つた句である」。文中の「今日」とは、「あとがき」の日付である「昭和三十一年四月四日」。以上から、①の句の背景や成立状況がある程度わかる。

ところで、①の句は不思議な句である。というのは、よく知られた句ではあっても、評価が分かれるからである。例えば、草間時彦は「ロダンの首の句は『ロダンの首』と『泰山木は花得たり』との間の飛躍が面白い[1]」と言う。一方、森田峠は「飛躍が大きすぎて私にはなじみにくい[2]」と言う。二人の考え方は正反対と言ってよいだろう。私はどちらかというと、森田峠の考え方のほうに近い。「ロダンの首」と「泰山木は花得たり」との関係は、①の句が源義が唱導した二句一章の句ではあっても、あまりにも唐突であるように思える。

三

次に、『ロダンの首』全体を通読して気がついた特色をあげておきたい。二つある。

第一の特色は、旅行吟が多いこと。源義は時には調査、研究のために、時には講演のために、時には事業のために、時には吟行のためにという具合に頻繁に旅行をした。そして、句を作った。源義の句を見ていくと、前書が添えられている句が実に多い。この前書がほとんど地名になっている。

②船暑し明石大門《おほと》の灯のたむろ　（昭30）

「神戸より船にて高浜に向ふ」という前書がある。季語は「暑し」（夏）。源義が四国へ船で行ったときの句。「大門」は大きな海峡をいう。よって、「明石大門」は明石海峡のこと。古くは柿本人麻呂に「燈火《ともしび》の明石大門に入らむ日や漕ぎ別れなむ家のあたり見ず」（『万葉集』巻三）がある。「明石大門」が昔から詩歌に詠まれていたことがわかる。

③群《むれ》稲棒《ぼっち》一揆のごとく雨に佇《た》つ　（昭30）

「福島」という前書がある。季語は「郡稲棒」（秋）。「郡稲棒」は刈った稲の束をかける棒のこと。

これが「雨」の中、沢山「佇」っていると、まるで「一揆」のように見えたというのである。松本たかし、川端茅舎、野見山朱鳥らがよく用いた「ごとし」がきいている。東北地方の農村地帯とそこに昔から住む人々の生活がよく窺われる句。なお、石田波郷はこの句集に寄せた「跋」において③の句をあげ、次のように述べている。「句集『ロダンの首』は、日本の風土の美しさが洽くさぐられてゐると共に、そこに丈低く生きてきた民族の祈りを基盤にした人間希求が全巻に澎湃とただよつてゐる句集である」。②の句、③の句と見てくると、確かにこういう面はあると思われる。

第二の特色は、死者を詠んだ句が多いこと。死者を詠んだ句には二通りの系列がある。第1の系列は、恩師、友人、知人、文学上の先人などの死を詠んだ句である。

④草ぼけの高原《たかはら》深くひつぎ行く　（昭28）

「堀辰雄氏死す。五月二十八日」という前書がある。堀辰雄は小説家。代表作は『風立ちぬ』。季語は「草ぼけ」（夏）。飯田龍太はこの句を「数多くある故人追慕の作のなかでも、特に秀抜の一句」[3]と高く評価している。

もう一句あげよう。「死者の書」という項にある句である。

⑤炎昼や死を伝へむと巷《まち》に佇《た》つ　（昭28）

「九月三日、折口信夫先生慶応病院にて永眠さる。牧田茂・今野円輔君と先生の危篤にかさねてその死を伝へることを託され」という前書がある。季語は「炎昼」（夏）。「真夏の灼けつく昼」のことで、「日盛りと大きな違いはないが、漢語である分、語感が力強く、生々しい」[4]。

源義にとって、折口信夫（釈迢空）は国学院大学時代の恩師であった。恩師の「永眠」は源義にかなりな衝撃を与えた筈である。その上、恩師の死を周囲の人々に「伝へ」る役目をも果たさなければならなくなった。「巷《まち》に佇《た》つ」のは、タクシーかバスを待つためであろうが、この時の源義の心痛はかなりなものであったに違いない。

なお、源義は折口信夫が生きていたとき、次の句を作っている。

⑥しはぶきの野中に消ゆる時雨かな　（昭13）

「折口先生に随ひ武蔵野を歩く」という前書がある。源義は昭和十二（一九三七）年、折口信夫を慕い、国学院大学予科に入学。折口の主宰する短歌結社「鳥船社」に加わっていた。季語は「しはぶき」と「時雨」（ともに冬）。従って、季重なりの句。波郷は「跋」で⑥の句をとりあげ、「折口博士の美事な『俳句による肖像画』になつてゐる」と賞讃している。

第2の系列は、血縁者の死を詠んだ句である。『ロダンの首』においては、姉、父、母という順で血縁者が亡くなり、句が詠まれている。

まず、姉の死を詠んだ句。

⑦日ざかりの列車武蔵野深くあり　（昭9）

「亡姉を思ふ」という前書がある。この「亡姉」とは、源義のいちばん上の姉のこと。長姉は船員と結婚したが離婚、女医を志し、吉岡弥生の東京女子医専に入学する。しかし、卒業間際に急性肺結核になり、昭和九（一九三四）年二月、若くして亡くなった。郷里富山県の田の中の火葬場で焼かれた。幸薄き生涯と言ってよい。季語は「日ざかり」（夏）。

⑦の句は、神通中学三年の源義が両親に代わって姉を見舞うために上京したときの様子を詠んでいる。この時、源義は生まれて初めて東京へ夜行列車で向かった。夜があけ、暑い炎天の中を源義を乗せた列車が走っていたから、「日ざかりの列車」という表現になったのである。「武蔵野」という地名から源義の乗った汽車が関東に、そして、東京に来ていることがわかる。下五の「深くあり」は空間的なものだけでなく、長姉の容態の重さや源義の不安の深さなどをも示しているように思える。

次に、父の死を詠んだ句。

⑧春昼の手鏡つくる病者かな　（昭27）

「父臨終」という前書がある。源義の父源三郎は刻苦勉励して北陸一の米穀問屋となった人物。源義が国学院大学に入学することに反対したけれど、卒業時には母と上京、折口信夫、武田祐吉、柳田国男を訪問、それぞれの応接間で土下座して感謝したという。

季語は上五の「春昼」(春)。下五の「病者」が源三郎。源三郎が亡くなったのは、昭和二十七(一九五二)年五月二十三日だから、季節は初夏。とすると、「春昼」という季語は少しずれていることになる。しかし、北国の富山では春の訪れが遅く、五月頃は春ということなのだろうか。句としても、事実通りの初夏よりも「春昼」の方が良いように思える。

「手鏡」は聞き慣れない言葉である。「手鏡」について、源義は後書とでも名づけたらよいであろう文章を⑧の句の後に添え、次のように説明している。「死に近き病者の合掌するを手鏡といふ／父手鏡をつくりて後、三日にして死せり」。源義の目に、「合掌」をして亡くなった父源三郎の姿が強く刻印されたことがよくわかる文章である。

最後に、母の死を詠んだ句。

⑨吾を待たで母蓮華田にいざなはる　(昭28)

「四月二十一日、故郷にて母脳外出血のため倒れ、三十分の後に死す」という前書がある。これから、死亡月日、病名、そして、死が突然だったことなどがわかる。母の死の様子について源義は、随筆『雉子の声』において次のように詳述している。源義が父の一周忌の準備をするために帰郷する母を上野駅で見送り、少し経ったときのこと。「二十一日の日、母危篤と、死去の電報が一緒に来た。私にはどうしても信じられなかつた。その日、母は又従兄弟の綿屋を出て、二十何年間、父母の許で働いてゐた男のところへ田圃道を急いだ。心臓肥大症になつてゐた母には、息もきれぎれだつたさう。その家へつくと、また東京の結構話を始め、東京へ遊びに来るとあれほど言つておきながら、来なかつたのは残念だつたと話しながら倒れた。脳出血だつた。死際に『お父さん待つてて……』と一と言言つた」。母の最後の言葉「お父さん待つてて……」から、源義の父と母が強く結びついていたことが窺われ、心を打たれる。

　源義は母の死に目に会えなかった。東京を発つときには母は死亡していた。こういう事情が上五の「吾を待たで」によく表れている。

　季語は中七の「蓮華田」(春)。「蓮華」はここでは蓮の花ではない。北陸地方の「四月二十一日」では、蓮の花はまだ咲かない。蓮の花は夏に咲く。この「蓮華」は、春の季語である蓮華草(紫雲英、げんげ)のことであろう。先に引いた源義の文章の中に「田圃道」が出ていた。息をひきとる前の母が歩いていた。この「田圃」に蓮華草が咲いていたから中七が「蓮華田」になったのであろう。だから、季語は夏ではなく、春ということになる。

　しかし、源義がげんげ田ではなく、「蓮華田」と表記したことは、結果的には良い効果をもたらした。浄土によく咲くという蓮の花を一瞬、読者に連想させるからである。

　⑨の句のどこにも死という直接的な言葉は出てこない。「母蓮華田にいざなはる」という婉曲的な表現で母の死が詠まれている。しかも、その婉曲的な表現はかぎりなく美しい。というのは、「蓮華田」が極楽浄土であるかのようであり、母はそこへ誘われただけと詠んでいるからである。死の持つ生々しさはない。

四

第一句集『ロダンの首』に見られる二つの特色（旅行吟が多いこと、死者を詠んだ句が多いこと）は、『ロダンの首』以後の全ての句集にも見られる。ただ、私は旅行吟よりも死者を詠んだ句の方に魅かれる。そこで、次に、それぞれの句集に出てくる死者を詠んだ句を辿っていくことにする。

第二句集『秋燕』には、昭和三十一（一九五六）年から昭和三十九（一九六四）年までの句が五九七句収録されている。源義は「あとがき」で次のように述べている。「どういう巡りあはせか、この句集に収めた九年間に私の師事し、敬慕した数多くの人々を野辺に送つた。自ら挽歌が多くなつた」。この言葉から、第一句集『ロダンの首』に見られた、死者を詠んだ句が多いという特色が、第二句集『秋燕』にも引き継がれていることが明らかである。それから、死者を詠んだ句を、源義が「挽歌」と呼んでいることにも注目しておきたい。

『秋燕』には、血縁者の死は出てこない。出てくるのは、次のような人々の死である。高村光太郎（明32没）、阿部次郎（明34没）、西東三鬼（昭37没）、柳田国男（同）、飯田蛇笏（同）、渋沢敬三（昭39没）。確かに多い。

こういう人々の死を詠んだ源義の句のうち、私が強く惹かれる句は、飯田蛇笏の死を詠んだ句である。源義は日本の近・現代の俳人の中では蛇笏をもっとも高く評価し、尊敬していた。その理由を源義は『秋燕』の「あとがき」で次のように述べている。「私が飯田蛇笏翁の高風を慕つたのは、近代俳句の立句の最後の人と思ったからである。近代俳句もここまでくると、立句以外は俳句でないとは云ひきれない。しかし、立句の見事さを忘れては俳句は語れないのだ」。こういう源義が蛇笏を「先生」と呼ぶのはもっともである。

『秋燕』には「蛇笏先生」という項があり、そこに蛇笏の死を詠んだ句が十三句も並べられている。昭和三十七（一九六二）年十月三日に死去した蛇笏の通夜と葬儀に出席した源義によって詠まれたものである。いくつか紹介しよう。

⑩星月夜かぐろく鳴るは狐川　（昭37）
⑪石道の露の奥処や通夜の燭　（同）
⑫秋灯火霊にまぢかく甓《ゐざ》り寄る　（同）
⑬蛇笏埋め山河あらたや秋の雲　（同）

十三句の中で、いや、『秋燕』収録の全句の中で私がもっとも良いと思う句は次の句である。

⑭篁に一水まぎる秋燕　（昭37）

季語は下五の「秋燕」。「しゅうえん」ではなく、「あきつばめ」と読む。そう読まないと、五音にならない。「燕」は夏の季語。しかし、葬儀は十月に行われたので、「秋燕」になったもの。

上五の「篁」は「たかむら」と読み、「竹の林、たけやぶ」（『広辞苑』第五版）のこと。「竹叢」とも書く。こちらの方が意味がわかりやすいが、「篁」もよく使われる。「一水」とは、「一筋の流れ」（同）のこと。ここでは、⑩の句に出ている「狐川」をさす。「狐川」は山梨県境川村に住んでいた蛇笏の家の近くを流れている小川。「まぎる」は「紛る」と書く。「物のなかに入りまじり目立たぬようになる。しのび隠れる」（同）という意味。以上から⑭の句の句意をまとめれば、〈逝去した蛇笏の家の近くにある竹の林の中へ「狐川」が流れ込んでいき、見えなくなっていく。空には秋の燕が飛んでいる〉というものになろう。

しかし、この句意は字面だけを辿ったものである。⑭の句にはもっと深い意味が込められている。それを述べてみたい。「一水」とは、単なる川ではなく、生きていた蛇笏のことではあるまいか。そして、「篁」とは、単なる「竹の林」ではなく、あの世のことではあるまいか。「一水」、つまり、蛇笏のいのちが終焉を迎え、「篁」、つまり、あの世へ「入りまじっ」ていき、「しのび隠れ」たととれるのである。下五の「秋燕」についても一言述べておきたい。この「秋燕」は群れてはいない。一羽で空を飛んでいる。では、何を示しているのだろうか。この「秋燕」は、あの世へ去って行き、昇天し、再生した蛇笏（の魂）を示しているように思われる。蛇笏はただ一人であの世へ去って行ったのだから、再生した「秋燕」も一羽ということになるのである。

⑭の句は一見、蛇笏の家のまわりの自然を詠んでいるだけの叙景句のように見える。しかし、決してそれだけではない。蛇笏のいのちの終焉と再生をも暗示している、極めて象徴的、かつ、精神性の濃い句になっている。こういう点が私が⑭の句に強く惹かれ、高く評価する理由である。実際、⑭の

句を源義の代表作の一つと見る人は多い。源義自身も「あとがき」で「この句集を『秋燕』と名づけたのは、飯田蛇笏翁の葬儀におもむき、山廬後山を逍遥した折り、／篁に一水まぎる秋燕／の一句を得たからである」と述べ、⑭の句に自信を持っていたことが窺われる。⑭の句の下五「秋燕」を句集名にしたことは、適切だったと言ってよい。

五

姉、父、母に引き続き、血縁者の死が詠まれるのは、第三句集『神々の宴』（昭和四十（一九六五）年から昭和四十三（一九六八）年までの句五一七句を収録）ではなく、第四句集『冬の虹』である。『冬の虹』には、昭和四十三（一九六八）年冬から昭和四十七（一九七二）年春までの句五七三句が収録されている。この中に源義の子、それも娘の死を詠んだ句が数多く入っている。

注目すべきことは、句集『冬の虹』には口絵写真として女の子の写真（白黒）が一葉掲載されていることである。女の子の髪形はおかっぱ。小学生か中学生であろう。この写真には「在りし日の角川真理」という説明がついている。「在りし日」から「角川真理」がすでに亡くなっていることがわかる。こういう写真を見た私達読者は、亡くなった真理が句集『冬の虹』において重要な存在であると推測することになる。この推測は、中扉裏に「亡き真理のために」という文句が一行、下の方に記されていることから正しいものとなる。句集『冬の虹』は死んだ娘真理へ捧げられた句集である。

真理の死を詠んだ句が出てくるのは、句集を四分の一ほど進んだところ（52頁）にある「聖五月」

という項からである。最初の句を紹介しよう。

⑮婚と葬家にかさなる聖五月　（昭45）

「五月二十一日次女真理逝く。享年十八歳」という前書がある。角川家の長女は真弓（のち、辺見じゅん）で、真理は「次女」だった。「真理」という名前は、源義が尊敬する武者小路実篤作の小説『真理先生』からとられている。亡くなった時、「十八歳」だった真理は、慶応女子高を卒業し、慶応義塾大学へ入学していた。死因は自死だった。

真理が自殺したことを、源義は明かさないでいた。しかし、井上靖『星と祭』（昭50・3、角川文庫）の「解説」の中で打ち明けている。少し長くなるが、⑮の句の「解説」にもなるので、紹介したい。ゴルフ好きだった源義がゴルフ仲間と霞が関ゴルフ場でプレーしていた時のこと。「私たちの組が打ち終り、めいめいの白球のところへ歩き始めると、私の運転手がオートバイに乗って、私に急を告げに来た。真理ちゃんが死んだんです。すぐこの尻に乗って下さい。彼は自殺だと手短かに話した。私は耳を疑った。信じられないことだ。この年の四月慶応の女子高から大学の法学部に進んだばかりだった。ゴルフをやりたいと言うので、クラブも注文し、日曜日にはアプローチの稽古を一緒にやっていたのに……。この五月の初めに次男が結婚し、婚と葬が聖五月に重なるとは何事かと思った。美しい死顔だった」。文中の「次男」とは歴彦のこと。

「聖五月」から印象深い句をあげよう。

⑯暁つばめ棺の吾子はさめゐるか　（昭45）
⑰たけくらぶ吾子はあらずよ今年竹　（同）
⑱蝶消えて夕餉の席に真理ゐるか　（同）

⑯⑰の句では、「吾子」と詠んでいるのに、⑱の句では、「真理」と実名で詠んでいる。以後、実名「真理」が句の中に使われることが増えていく。三句とも愛する娘を亡くした父親の喪失感が強く出ている。

⑲ふたなぬか過ぎ子雀の砂あそび　（昭45）

季語は「子雀」(春)。一茶の「雀の子そこのけそこのけ御馬が通る」は有名。

上五の「ふたなぬか」から、真理の死後、約二週間経っていることがわかる。この句には⑯⑰⑱の句に出ている「吾子」「真理」が出ていない。出ているのは「子雀」。源義は「子雀」が「砂あそび」をしているとだけ詠んでいる。なんと他愛のない句であろう。しかし、源義にはこの「子雀」は単なる「子雀」ではなかった。彼にはこの「子雀」が真理に見えたのである。源義は「子雀」にことよせて、生前よく「砂あそび」をしていた愛娘真理をさりげなく描き出している。「子雀」は春の季語で実際の季節は夏だから、季節がずれている。しかし、この「子雀」は不自然な感じがしない。真理を表しているのだから、適切と思われる。

「聖五月」の項の次に、「挽歌」という項がくる。第二句集『秋燕』では「あとがき」の中に「挽歌」という言葉が出ていた。第四句集『冬の虹』では句集の中に「挽歌」という言葉が出てくる。大きな違いである。そして、『冬の虹』では「挽歌」の対象は真理ただ一人になっている。これも大きな違いである。

⑳盆三日涼しき部屋に熟睡《うまい》せよ　（昭45）

季語は「盆」と「涼し」（ともに夏）。季重なりの句。⑳の句において源義は家に帰って来たと思われる真理に〈「涼し」い「部屋」でぐっすり寝たら〉と話しかけている。ここには生者源義と死者真理との精神的交流の世界が描き出されている。

このあとも源義は繰り返し、繰り返し、死者の真理と対話を重ね、真理を偲ぶ句を作り続けていく。

最後に、ぜひとも紹介したい句がある。

㉑いかに見し日向の灘や冬の虹　（昭45）

「亡き吾娘、級友と遊びし日南海岸をたどる」という前書がある。季語は下五の「冬の虹」（冬）。

源義は真理が「遊」んだ「日南海岸」（宮崎県）へも行っている。そして、真理が眺めたに違いない

「日向の灘」を〈娘はどんなふうに眺めていたのだろうか〉と想像している。そのときの天候は青天ではなかったようである。小雨が降っていたらしい。その小雨がやみ、太陽が出ると、海上に「虹」が出現した。源義には「虹」の奥に真理の姿が見えていたのかもしれない。「冬の虹」は夏の「虹」と違って寂しさを伴うものだが、源義にはそうは見えなかったであろう。きれいに見えたに違いない。この「虹」は真理のもとへ行くことができる架け橋のようなものであったから。しかし、「冬の虹」ははかない。すぐ消えてしまった。こうして、源義はやはり真理のところへ行くことはできないのである。下五の「冬の虹」が第四句集の題名になっていったのも悪くはない。

源義は『冬の虹』の「あとがき」において次のように述べている。「悲劇は突然前触れもなくおとづれる。末子真理を亡くし鎮魂の句集がいくばくか生じた」。句集『冬の虹』は、真理「鎮魂の句集」と言ってよい。

六

第五句集『西行の日』は、昭和五十（一九七五）年十二月に刊行された。源義が亡くなったのは、同年十月であるから、死後の刊行である。昭和四十七（一九七二）年から昭和五十（一九七五）年までの句四九四句が収録されている。これらの句の中に真理を詠んだ句が依然として出てくる。源義は日本の各地を旅しながら、真理を偲んでいる。

㉒また汝の離《か》れゆく闇の梅雨滂沱　（昭47）

これは「ほそ道の旅」をしていた時の作。

㉓吾子あらば白鳥となり高翔けよ　（昭48）

「倭建命の魂白鳥となりしに」という前書がある。これは中国地方を旅していた時の作。

㉔迎へ火の吾子連れ那智の祭かな　（昭48）

このように、真理を詠んだ句を見てきて、私達読者は有名な次の句と出会うことになる。

㉕花あれば西行の日と思ふべし　（昭49）

季語は「花」と「西行の日」（ともに春）。西行は平安時代の歌人。俗名佐藤義清。『新古今和歌集』に最多の九四首入集。歌集に『山家集』がある。代表作は「願はくは花の下にて春死なむその如月の望月のころ」（『山家集』）。この中の「花」が㉕の句の上五に使われ、「花あれば」と詠み出されたものであろう。西行は「願はくは」の歌の通り、文治六（一一九〇）年二月十六日逝去した。従って、「西行の日」、つまり、西行忌は二月十六日。下五の「思ふべし」の「べし」は、助動詞。いろいろな意味があるが、ここは勧誘、命令の意味であろう。「思うがよい」、または、「思いなさい」ということである。

以上をあわせれば、㉕の句の意味は、〈さくらの花が咲いているのを見たら、西行忌と思いなさい〉（そして、西行を偲びなさい）というものになる。もっとも、これは源義が他人へではなく自分自身に言い聞かせているととったほうがよい。源義はもともと、西行を尊敬していた。かつて吉野山へ行った時、「西行庵とくとくの清水」という前書がある「西行の清水掌にうけ悴めり」（昭30、『神々の宴』）という句を既に作っていたほどである。

ところで、㉕の句については、真理の死と西行の死を結びつける考えがあるので紹介したい。飯田龍太は次のように考える。「真理死去から四年の歳月が過ぎた。亡き娘の魂はおのれの胸裡に次第に昇華して、いつか花の精として現じつつ、ときに想いは『花のもとにて春死なん』と念じた西行へ及んだのではないか[5]」。卓抜な解釈である。この解釈に従い、自分なりに考えれば、源義が㉕の句を作り出せたのは、彼が亡くなった真理を詠んだ句、つまり、「挽歌」を作り続けたので、平安時代の歌人西行のことをも想うようになり、句に詠んだからということになる。とすると、㉕の句は源義が西行に捧げた「挽歌」、それも見事な「挽歌」と言ってよいだろう。飯田龍太は㉕の句について「源義一代の代表作というにとどまらず、近代俳句史のなかにも屹立する名句のひとつ、というのが一般の評価のようである[6]」と述べている。

あらためて言うまでもないが、㉕の句の中の「西行の日」が源義によって第五句集の題名に選ばれる。㉕の句はのちに高い評価を得ることになるのだから、源義の選択は正しかったことになる。

七

源義は昭和五十（一九七五）年八月十五日、東京女子医大病院に肝炎で入院、闘病のかいもなく、永眠する。この時期の句を私達は「『西行の日』以後」で読むことができる。これにもやはり、死者を詠んだ句が散見する。

まず、血縁者ではない死者を詠んだ句をあげよう。

㉖鬼城忌のしはぶき遠き地上より　（昭50）

「鬼城」とは、村上鬼城のこと。忌日は昭和十三（一九三八）年九月十七日。源義は鬼城の「しはぶき」を聞いている。「地上より」というのは、源義の病室が「六階」にあったからである。源義が聞いた「鬼城」の「しはぶき」を幻聴といってすませてはいけない。

㉗腹水みたび脱《ぬ》きて糸瓜忌近きかな　（昭50）

「糸瓜忌」とは、子規忌のこと。子規の「糸瓜咲て痰のつまりし仏かな」などから、「糸瓜忌」という季語が作られた。子規の忌日は明治三十五（一九〇二）年九月十九日。㉗の句から、源義の病状が窺える。「水みたび脱《ぬ》き」からかなり重症と判断してよい。子規も脊椎カリエスに苦しみながら死んでいった。

㉖㉗の二句から、死に瀕している源義が俳句の世界の先人を偲びながら心を通わせていることがわかる。

次いで、血縁者の死者を詠んだ句をあげよう。

㉘彼の部屋に煌と灯の入る良夜かな　（昭50）

「わが病院の前に戦前の東京女子医専病院あり、卒業年次の姉結核のため入院するも死去」という前書がある。季語は「良夜」（秋）。

源義は明らかに「部屋」（病室）にともった「灯」を見ながら、生きていた時の姉を偲んでいる。そして、両親の代理として単身上京し、姉を見舞った中学生の自分を思い出している。下五の「良夜」について、辺見じゅんは「『良夜』という季語を据えることで重たくほろ苦い青春に回心の場を与えたのである」(7)と述べている。姉の死を詠むことで始った血縁者の死をよく詠む源義の俳句は、最後にまた姉という血縁者の死者へ戻っていったことになる。

㉙萩すすき亡娘《あこ》に逢ふこと許されず　（昭50）

「秋分」という前書がある。これから㉙の句が九月二十三日に詠まれたことがわかる。㉙の句にも「亡娘《あこ》」(真理)が出てくる。源義が死亡する直前まで真理のことを思い続けていたことがはっきりとわかる。

㉚命綱すぐ手のとどく九月尽　(昭50)

「命綱」とは、もともとは「女が子供を生むときにすがった力綱(8)」のことである。源義は妊婦ではなかったが、病院の配慮、または、本人の希望で、体を起こしやすくするように、天井から綱が垂れさがっていたのであろう。源義はこれを上五で「命綱」と詠んだのである。この綱はたぶん枕元に垂れさがっていた。ならば、すぐにさわれる。それで中七が「すぐ手のとどく」となったのである。下五の季語「九月尽」とは陰暦九月晦日のこと。㉚の句は、㉗の句と同じく、源義の闘病生活の一端を如実に示している。

源義は昭和五十(一九七五)年十月二十七日、東京女子医大病院で午前十一時五十八分に永眠する。こうして、生涯を通して数多くの死者(血縁者に限定すれば、姉、父、母、娘)を句に詠み続けた角川源義は、最後に死に近づいていく自分自身を句に詠んでこの世から去っていった。角川源義を死者を詠み続けた俳人と呼んでも、あながち間違いではあるまい。

注

（1）草間時彦「作品の背景―角川源義の言葉と共に―」（『俳句』、昭51・2、角川書店、二六六頁。のち、『花あれば―角川源義追悼録』、昭52・10、角川書店）
（2）森田峠「大学の先輩」（『角川源義読本』、平17・10、角川書店、三八一頁）
（3）飯田龍太「角川源義鑑賞（上）」（『俳句』、昭51・2、角川書店、九〇頁）
（4）『合本俳句歳時記第三版』（平18・10、角川書店、「炎昼」の項）
（5）飯田龍太「解説」（『角川源義全集第四巻』、昭63・6、角川書店、五六三頁）
（6）注（5）と同じ。
（7）辺見じゅん「解説」（『角川源義全集第五巻』、昭63・10、角川書店、六〇二頁―六〇三頁）
（8）佐川広治（『脚註名句シリーズ1／6　角川源義集』、平6・8、俳人協会、一五二頁）

VI　角川源義の「ロダンの首」の句について

一

角川源義は、大正六（一九一七）年、富山県に生まれ、昭和五十（一九七五）年、五十八歳で死去した俳人である。もっとも、源義は俳人といっても単なる俳人ではなかった。昭和二十（一九四五）年、角川書店を創立しているから、実業家でもあった。そして、昭和三十六（一九六一）年には、『語り物文芸の発生』によって国学院大学から文学博士号を授与されているから、国文学者でもあった。源義は五十八年という短い生涯ながら、多彩な活動をした人と言ってよい。

俳人としての源義は、生涯に五冊の句集を刊行している。『ロダンの首』（昭31・5、近藤書店）、『秋燕』（昭41・11、琅玕洞）、『神々の宴』（昭44・12、牧羊社）、『冬の虹』（昭47・11、東京書籍）、『西行の日』（昭50・5、牧羊社）がそうである。

第一句集『ロダンの首』には、昭和八（一九二三）年から昭和三十一（一九五六）年までの句四八〇が四つの章に分かれて収録されている。ただし、昭和三十一年（三十九歳）の句が先に、昭和八年（十六歳）の句が後に出てくるという逆編年体で掲載されている。

二

第一句集の書名が『ロダンの首』になったのは、句集収録の句の中に次の句が入っているからである。

ロダンの首泰山木は花得たり　（昭30）

上五の「ロダンの首」が句集の書名に選ばれていることがわかる。かくて、掲出句は、源義の第一句集の書名のもとになった句として広く知られていくことになる。

書名の件について、源義は『ロダンの首』の「あとがき」において次のように述べている。

この集の書名には、長いあひだ頭をなやましたが、結局『ロダンの首』とした。私の愛蔵するロダンの彫刻に名を借りたわけだが、日本のロダンであつた高村光太郎さんが逝去され、私は今日その葬に加はり、改めてこの意義を思ひうかべてみた。直接この句集の名となつたのは、「ロダンの首泰山木は花得たり」の句からであつた。昨年私の家が出来たをり、俳壇の諸先生、諸先輩から泰山木を贈られ、新宅びらきの句会を催したをりに作つた句である（傍点は筆者。以下同じ)。

文中の「今日」とは、「あとがき」の日付である「昭和三十一年四月四日」を、「昨年」とは、昭和三十年をさしている。

「あとがき」の一節から、源義が第一句集の書名を「ロダンの首」の句から採ったことがはっきりと裏付けられる。また、「ロダンの首」の句の背景や成立状況もある程度はわかる。しかし、ことはこれで終わりではない。「あとがき」の一節から、次の三つの疑問が出てくる。

(1)なぜ、源義は第一句集の書名を『ロダンの首』とするのに、「長いあひだ頭をなやました」のであろうか。

(2)源義の「愛蔵するロダンの彫刻」とは、どういうものなのであろうか。

(3)「ロダンの首」の句が作られ、出された「新宅びらきの句会」とは、どういうものだったのだろうか。

三

三つの疑問のうち、順序が逆になるが、(3)の疑問から考えていくことにする。「新宅びらきの句会」の様子を述べた貴重な文章があるので、紹介したい。源義が幹部同人として参加していた俳誌『季節』(金尾梅の門主宰)に、秋元不死男が寄せた文章がそれである。(1)不死男は、「新宅びらきの句会」の幹事役をつとめていた。不死男の文章は長いので、三つに分けて紹介しよう。

まず、冒頭の部分から。

ロダンの首泰山木は花得たり　（昭30）

句集の題名に選んだ句である。

この句については思い出がある。去年の六月五日、角川氏邸で句会があつた。氏の新築を祝つて昵懇の俳壇人が泰山木を贈つた。その返礼という意味もあつたのか、或はめつたに集まつて句会をやる機会もないので、たまには各流各派の俳人が会して句会をやるのも面白いという肝煎もあつてのことか、とにかく風生・かな女・たかし・波郷・草田男その他、二十数人の知名俳人が句を競い句を選んだ（場面Aとする）。

文中の「去年」とは、昭和三十年をさす。すると、句会が開かれたのは、昭和三十年「六月五日」になる。

「六月」上旬なら、夏である。夏なら、「泰山木の花」は咲く。「泰山木の花」は夏の季語である。ある歳時記に「六月ごろ直径十センチほどの白い大輪の香り高い花を、空に向けて開く」[2]という説明が出ている。なお、この歳時記には、「泰山木の花」の例句が八句あげられ、中に源義の「ロダンの首」の句が入っている。「ロダンの首」の句の知名度が高いことが窺える。

句会をした理由は二つ。一つは、「新築を祝つて昵懇の俳壇人」から「贈ら」れた「泰山木」の「返礼」。もう一つは、「各流各派の俳人が会して句会をやるのも面白いという肝煎」。後者が可能であったのは、源義が角川書店を経営する実業家であり、同書店から俳句総合雑誌『俳句』（昭和二十七年創刊）を出していたからであろう。

「角川氏邸」に集まり、句会に参加した俳人の数は、「二十数人」。実に多い。これら全てが「知名俳人」であったから、これは壮観である。代表的俳人名も出ている。「風生」（筆者注、以下同じ、富安）、「かな女」（長谷川）、「たかし」（松本）、「波郷」（石田）、「草田男」（中村）などである。いずれも錚々たる俳人達である。こういう俳人達が「句を競い句を選んだ」のだから、さぞかし素晴しい句会となったことであろう。

不死男の文章は、次のように続いていく。

> 応接間の棚に、小さな真黒い、ロダンの首の彫刻がおいてあつた。それを句に詠んだのは掲出のように主人の角川氏、そして、かくいう僕の二人であつた。僕の作は「まつ黒なロダンの首へ梅雨めく風」というのであつた。句稿が廻つてきて、二つの「ロダンの首」の句をみると、両隣に坐つている敦と秋をが、これはお前さんの句だろうといつた（場面Bとする）。

源義が「あとがき」で述べていた「私の愛蔵するロダンの彫刻」とは、「小さな真黒い、ロダンの首の彫刻」であった。それは「角川氏邸」の「応接間の棚に」「おいてあつた」。「応接間の棚」なら、「角川氏邸」にやって来た人々の目に留まる。こうして、源義の「愛蔵するロダンの首の彫刻」は、句会に参加した「二十数人の知名俳人」達が目撃し、知っていたと考えてよい。

実は、『ロダンの首』を実際に手に取った読者は、「小さな真黒い、ロダンの首の彫刻」がどういうものか、知ることができる。句集の扉に写真が掲載されているからである。

そこで、次にこの写真を参照して説明していこう。「首」と言っても、人の「首」から上の彫刻である。正確に言えば、人の顔と頭の彫刻である。人は男。若者ではない。老年に見える。そう見えるのは、頭部に毛髪がないからである。なお、この彫刻の左眼も左耳もわかる。一方、顔の右側はよくわからない。わずかに右目が小さく見えるだけである。全体的な印象を述べると、老年の男性の顔が写実的に表現されている、質感のある彫刻である。

以上で、(2)の疑問、源義の「愛蔵するロダンの彫刻」とは、どういうもなのかについて述べたことにする。

「ロダンの首の彫刻」を「句に詠んだ」俳人が「二人」いた。一人は源義で、句は掲出句。もう一人は不死男で、句は「まつ黒なロダンの首へ梅雨めく風」。「梅雨めく風」は、屋外から窓を通り、「応接間」へ入ってきたものであろう。

この句会には、場面Aで名前があがった六人だけではなく、さらに「敦」（安住）と「秋を」（加倉井）も出席していた。これで句会の豪華さが増大したことになる。

さらに、不死男の文章の続きを紹介しよう。

> やがて互選の結果は、源義作が不死男を凌いだ。
>
> この句は作者の「挨拶の句」として、なかなか立派である。「ロダンの首」を珍重し愛蔵している自分は幸福者であるが、友人から泰山木を贈られる自分も亦、幸福者である。その泰山木がいま花を得たのだ、という句である。「ロダンの首」と「泰山木は花得たり」の間がつまっているが、これは前記のように主人の感慨句であるから、おのずから句がつまって、非描写的になる。

だから、僕の句のような詠い方とは較べて論ずるわけにはいかない（以下略）（場面Cとする）。

選句と披講が済むと、源義の「ロダンの首」の句のほうが不死男の「まつ黒な」の句より高点であった。なぜだろうか。不死男の句は、目に見える物として、「ロダンの首」だけを詠んでいる。一方、源義は「ロダンの首」だけではなく、「泰山木」の「花」も詠んでいる。しかも、その「泰山木」は、「角川氏邸」の「新築を祝つて昵懇の俳壇人」達が「贈つた」ものである。自分達が「贈つた」「泰山木」が詠まれ、しかも、その「泰山木」は、白い、大きな花を咲かせたのだから、「二十数人の知名俳人」達は、悪い気持はしなかったであろう。いや、喜んだ筈である。こうして、不死男の句より源義の句の方が俳人達の支持を得、点を稼いだのである。うけたと言ってもよい。「主人」の源義が自分の句の題材として「ロダンの首」だけでなく、「泰山木」を、そして、その「花」を選んだのは、まことに適切であった。このあたりの事情をよく知っていたからこそ、不死男は「ロダンの首」の句を「作者の『挨拶の句』として、なかなか立派である」と賞賛したのである。

当日の源義の気持ちがよくわかる文章もあるので、紹介したい。この句会に参加したあと、逝去した松本たかしを悼んで、源義自身が書いた文章がそれである。(3) 二つに分けて引用する。場面A、場面B、場面Cと重なる記述もある。異なる記述もある。

俳壇の諸先輩から、新築祝ひに泰山木を贈られた。昨年の五月、披露をかねて、その人達においでねがつた。秋桜子、風生、かな女、波郷、草田男の諸氏などにたかしさんも御一緒で随分と賑々しいことで、私一生の面目でもあつた（場面Dとする）。

場面Aでは、句会を開いた月日が「六月五日」となっていたが、場面Dでは、「五月」となっていて、月が違う。日も記されてきない。ある年譜には、「昭和三十年」の「五月」のところに、「杉並区西田町（現、荻窪三丁目）に新居完成、披露が句会も兼ねて行なわれる[4]」と出ている。「六月五日」と「五月」。どちらが正しいのだろうか。源義は当日、主人役をしていた。一方、不死男は幹事役をしていた。主人役と幹事役の言うことが食い違っているのは、不思議ではある。しかし、現段階では、どちらが正しいと決定する証拠がない。従って、決められない。今後の課題としたい[5]。

場面Aと同じく代表的俳人名が出ている。中に、場面Aに出ていなかった俳人が一人いる。「秋桜子」（水原）がその人である。これで、句会に秋桜子も参加していたことがわかる。

とはいえ、論の展開上、場面Dで最も重視すべきは、月日や俳人名ではなく、最後の傍点部である。「私一生の面目」とは、なんとも大仰な表現をしたものである。句会のことが、源義の心の中に強く、深く刻印され、生涯に渡って続いたことが窺える。

源義の気持ちがよく窺える箇所をもう一つ紹介しよう。

> 作句し選句する人達が、なにしろ、俳壇の大先輩や、現役の現代俳句協会員の人々だから、この流派を超えた初めての催しは主人役の私ばかりでなく、おいでの皆さんにも喜んでいただけた

（場面Eとする）。

場面Eで注目すべきところは、後半の傍点部である。ここは、〈「おいでの皆さん」「ばかりでなく」「主人役の私」も「喜ん」だ〉と書き直すことができよう。こうすると、源義の気持ちがはっきりとわかる。源義も「喜んで」いたのである。当然であろう。「俳壇の大先輩や、現役の現代俳句協会員の人々」が集まった「随分と賑々しい」句会に、「ロダンの首」の句を出し、それなりの点を得たの

だから……。少なくとも不死男の「まつ黒な」の句よりも高い点を得たのだから……。こうして、「ロダンの首」の句は、源義にとって忘れがたい句となっていったのである。

以上で、(3)の疑問、「新宅びらきの句会」とは、どういうものだったのだろうかについての考察を終わりにしたい。

四

次に、(1)の疑問、なぜ、源義は第一句集の書名を『ロダンの首』とするのに、「長いあひだ頭をなやました」のであろうかに移りたい。

源義は、第一句集を出すとき、句集の中のどの句をもとにして句集の書名にしたらよいか、考えた筈である。ふつう、俳句を作る人は、自分が出す句集の書名は、句集収録の句の中で最も良いと思う句にもとづいて決めることが多い。しかし、源義は「ロダンの首」の句を句集の中で最も良い句とは思っていなかったようである。

のちのことになるが、源義は「角川源義自選百句」なるものをある俳誌に発表している(6)。これには、第一句集『ロダンの首』からは全部で十一句、選出されている。この十一句の中に「ロダンの首」の句は入っていない。源義自身が句集の書名のもとにした「ロダンの首」の句を落としているという事実は重く見てよい。この「角川源義自選百句」には、第二句集『秋燕』からは三十一句入っており、この三十一句の中には、書名のもととなった句、「篁や一水まぎる秋燕」が入っている。

源義は句集の中で「ロダンの首」の句よりも別の句の方を良いと思い、その句から書名をとろうとも考えたようである。では、その句はどういう句だったのだろうか。源義自身はあげていない。そこで次に第三者の評価を参照して考えてみたい。

『ロダンの首』には「跋」がある。執筆者は石田波郷である。波郷は「跋」の中で源義の句を十九句あげている。しかし、この十九句の中にも「ロダンの首」の句は入っていない。源義が日本の近代、現代の俳人達の中で最も尊敬していた俳人は、飯田蛇笏であった。次いで、波郷も源義が高く評価した俳人であった。だから、第一句集の「跋」を依頼したのである。それなのに、波郷は「跋」の中に「ロダンの首」の句を入れなかった。波郷は「ロダンの首」の句を評価しなかったことになる。これは源義にとってショックであったろう。

波郷が「跋」の中に引用し、文章を添えて賞めている句の一つに次の句がある。

しはぶきの野中に消ゆる時雨かな

「折口信夫先生に随ひ武蔵野を行く」という前書がついている。波郷はこの句について「折口博士の美事な『俳句による肖像画』になつてゐる」と述べ、賞讃している。この句を賞讃しているのは、波郷だけではない。飯田龍太も「この作は、『ロダンの首』全巻中の最優秀作だろう」[7]と賞讃している。

折口信夫は源義の学問上の師であった。源義は折口信夫の『古代研究』と運命的な出会いをする。

その様子を源義は次のように述べている。「学校（筆者注、東京市立一中）の帰りに神田の古本街を歩いてゐると、店頭に積まれた雑誌のなかに、折口信夫の『古代研究』が仮綴のかたちであつた。レッテルに四十銭とある。私の胸は高鳴り、大変なものにめぐりあつた思ひがした。五十銭銀貨一枚しか持ちあわせてゐぬから、帰りの電車賃のために値切ると三十銭にしてくれた。この一冊との出会いが、私の行方を決定した（中略）。『古代研究』を手にした私は禁断の木の実を食ふやうに興奮し、電車も乗りすごしたほどだつた」(8)。こうして、源義は昭和十二（一九三七）年、国学院大学予科へ、次いで、昭和十四（一九三九）年、同大学国文学科へ入学し、折口信夫に教わるようになる。以後、源義は折口信夫を学問上の師と仰ぐ。とすれば、源義の胸中に、「しはぶきの」の句から第一句集の書名をとろうかという思いが生じたであろうと考えてもおかしくはあるまい。

かくて、「新宅びらきの句会」で評判が良かった「ロダンの首」の句から書名をとるのと、学問上の恩師を詠んだ「しはぶきの」の句から書名をとるのとでは、どちらがよいだろうかという問題に、源義は直面することになった。この問題故に、源義は「長いあひだ頭をなやました」のであろう。最終的には、源義は「しはぶきの」の句を捨て、「ロダンの首」の句を選んだ。

では、なぜ、源義は「しはぶきの」の句を捨てたのであろうか。「しはぶきの」の句から取り出せる語は「しはぶき」、「野中」、「時雨」である。しかし、「しはぶき」（＝せき）、「野中」（＝野原の中）は、ぱっとしない。「時雨」は情緒はあるが、陳腐である。三つの語は人をあまり惹きつけない。「しはぶきの」の句は、語の点では魅力がない。

もう一つは、「しはぶきの」の句が前書にあるように折口信夫を詠んでいることである。折口信夫は国文学者であると同時に歌人でもあった。釈超空の名で短歌を作った。源義も一時期、短歌を作った。しかし、結局、源義は俳句を選び、死ぬまで俳句を作り続けた。第一句集の書名とする語（句）を歌人を詠んだ句からとるのは、適切ではないと源義は考えたかもしれない。

こういう二つの事情で、源義は「しはぶきの」の句から書名をつけることを断念したものと思われる。

では、源義が「ロダンの首」の句から書名をとったのはなぜだろうか。「ロダンの首」は、「あとがき」にも書いてあるように、源義の「愛蔵する」「彫刻」で、芸術作品である。「泰山木」は、多くの俳人達からもらったもので、その「花」は、白く、大きく、香りも良い。句の中の語（句）は、「しはぶき」、「野中」、「時雨」よりも人を惹きつけるところがある。「ロダンの首」の句は、語の点では魅力がある。

もう一つは、「ロダンの首」の句が、「二十数人の知名俳人」が集まり、「一生の面目」であった、「新宅びらきの句会」で作られた句だったからである。こういう句にもとづいて、第一句集の書名をつけて刊行したほうが、今後、俳人として生きていく上で都合がよいと、源義は考えたかもしれない。源義なりの計算と言ってよい。

こういう二つの事情で、源義は書名を「結局『ロダンの首』とした」のである。

以上が、源義が「長いあひだ頭をなやました」と述べている事柄の内実と思われる。

五

次に、「ロダンの首」の句がかかえる問題点について述べておきたい。この句の問題点は、上五と中七・下五との間にある。この件は既に秋元不死男によって指摘されていた。不死男は、先に引用した場面Cにおいて次のように述べていた。「『ロダンの首』と『泰山木は花得たり』の間がつまっているが、これは前記のように主人の感慨句であるから、おのずから句がつまって、非描写的となる。だから、僕の句のような詠い方とは較べて論ずるわけにはいかない（以下略）」。

不死男が使っている「つまって」とは、どういう意味であろうか。例をあげよう。私達はよく「感極まり、言葉につまって、何も言えなかった」と言ったりする。この場合「つまって」とは、〈言葉が出なくなって〉という意味である。これは、不死男の文中の「つまって」にも応用できる。不死男の「つまって」とは、〈説明したり、描写したりする言葉がなくて〉という意味ととれる。だから、「ロダンの首」の句は、句意がわかりにくいのである。もっとも、場面Cでは、源義と同じ場所にいて、源義の作句の現場を知っていた不死男がていねいに句意を示してくれてはいる。しかし、予備知識なしで、「ロダンの首」の句に接した人は、上五と中七・下五との間のつながりがよくわからず、唐突な感じがして（不死男の言葉を使えば、「非描写的」なので）、句意がとりにくい筈である。少なくとも、初めてこの句に接した時の私はそうであった。

一方、不死男の句「まっ黒なロダンの首へ梅雨めく風」は、言葉に「つまって」はいない句である。

説明、または描写の言葉が続いている。「まつ黒な」の句は、下五が体言止めになってはいても、どこか散文的なところがある。従って、句意はよくわかる。不死男が「ロダンの首」について、「僕の句のような詠み方とは較べて論ずるわけにはいかない」と言うのももっともである。

不死男が早くから指摘していた「ロダンの首」の句の上五と中七・下五との間にある、言葉に「つまつている」状態とは、俳句用語を使って言えば、〈切れている〉状態と言い代えてもよいだろう。「ロダンの首」の句は、上五と中七・下五の間で切れている句なのである。さらに、俳句用語を使って言えば、「ロダンの首」の句は、〈二句一章〉の句ということになる。

二句一章の句の例をあげておこう。芭蕉の句に多い。

荒海や佐渡に横たふ天の河　　芭蕉

この句では、上五の「荒海や」と中七・下五の「佐渡に横たふ天の河」の間が切れている。もっとも、切れてはいてもつながりはあるので、句意はとれる。「佐渡」は「荒海」である日本海に浮かぶ島だからである。私達読者はこの句に詠まれている景をそう難しくなく思い浮かべることができる。句作においては、切れてはいてもそれなりのつながりがあることが大切である。

次に、「ロダンの首」の句を二句一章の句ととり、つまり、上五と中七・下五の間に切れがあると句と認めた上で、つながりがあると読む見解を紹介しよう。

㋐松本旭の見解

氏の愛蔵する「ロダンの首」の彫像の重々しさと、泰山木の花のま白い気高さが相触発しあって、その新邸の品位の豊かさと、そこに落ち着き得た作者の心の輝きとをピタリと示し得た。(9)

㋑鍵和田秞子の見解

〈ロダンの首〉も〈泰山木の花〉も日本古来のさび・しおり的世界とは遠く、いかにも西洋ふうで近代的であり、力強くて明快である。わが家を新築した喜びと、作者の趣味的傾向がよく表れた、どっしりした句である。(10)

㋒吉田鴻司の見解

〃ロダンの首〃に〃泰山木の花得たり〃が見事に照応し、源義の晴がましい姿を見るようである。いまも毎年青柿山房の庭に美しい花を咲かせてくれる。(11)

㋐の「相触発しあって」、㋑の「いかにも洋風で近代的であり、力強くて明快」、㋒の「見事に照応し」から、松本、鍵和田、吉田の三人が、「ロダンの首」の句が上五と中七・下五の間で切れてはいてもつながりがあると考えていることがわかる。これだけではない。三人共「ロダンの首」の句を賞讃していることもわかる。

では、「ロダンの首」の句について、これで済ませて良いであろうか。良くはない。前にも少し述べておいたように、「ロダンの首」の句は、私には上五と中七・下五のつながりがやはり、とらえにくく、唐突な感じがする句のように見えてならない。上五と中七・下五の間は、切れがある状態というより、それ以上のもの、つまり、断絶、または、飛躍がある状態と言ってもおかしくはない状態になっているように思われる。

飛躍と言えば、上五と中七・下五の間の状態を飛躍がある状態ととる見解があるので、紹介しよう。二つある。

㋓草間時彦の見解

ロダンの首の句は「ロダンの首」と「泰山木は花得たり」との間の飛躍が面白い。(12)

この見解は、「ロダンの首」の句の上五と中七・下五との関係を「飛躍」ととった上で、「面白い」と述べ、句を肯定しているもの。もっとも、なぜ、「面白い」のかは、一切説明していない。

㋔森田峠の見解

ロダンの首泰山木は花得たり　源義

という代表作でも、飛躍が大きすぎてわたしにはなじみにくい。(13)

この見解は、「ロダンの首」の上五と中七・下五との関係を「飛躍」ととった上で(ここまでは㋓と同じ)、「飛躍が大きすぎ」るとして、句を否定的にとらえているもの。「なじみにくい」という説明はどう見ても肯定的とは言えない。説明がなく、ただ、「飛躍が面白い」とだけいう㋓の草間の見解よりも、「飛躍が大きすぎて」「なじみにくい」という㋔の森田の見解の方に、私は親近感を持つ。上五と中七・下五の間にある唐突な感じが私をとらえて離さないからである。

六

「ロダンの首」の句は、新築の角川邸に多くの俳人達が集まった折に詠まれ、句会に出された挨拶句である。そして、場面Cで不死男が述べたように、「『挨拶の句』としてなかなか立派である」。松本旭も「まことに見事な『挨拶の句』ではある」(14)と賞讃している。

しかし、「ロダンの首」の句を挨拶句としてこのように手放しで賞讃するだけで良いであろうか。良くはない。「ロダンの首」の句には、上五と中七・下五との間にある飛躍から生じる唐突な感じをかかえているために一般の大勢の人々にはわかりにくいところがあるからである。

俳句を作る人達は、よくグループで吟行し、その後、句会を開くことが多い。当然、その句会には、吟行で見た風景や事物を詠んだ句が出されることになる。この場合、その吟行に参加した人には、句会に出された句の意味はよくわかる。というのは、句を作った人も、出された句を詠んだ人も、句に詠まれた風景や事物をともに一緒に見ているからである。しかし、吟行に参加しなかった人には、句に詠まれた風景や事物を共に一緒に見ていないので、その句がよくわからないということが生じる。

「ロダンの首」の句の場合も同じではあるまいか。角川邸に集まり、句を作り、句会に出席した「二十数人の知名俳人」達は、角川邸の「応接間の棚に」おいてあった「小さな真黒い、ロダンの首の彫刻」も、庭にある「泰山木」の「花」も見て、知っていた。だから、この二つが詠まれた「ロダンの首」の句を読んでもすぐわかった。上五の「ロダンの首」と中七・下五の「泰山木は花得たり」

との間に切れ、いや、断絶や飛躍があってもよくわかった。なにしろ、二つとも実際に見ていたのだから、これほどわかりやすい句はなかったであろう。

しかし、角川邸に行かず、「応接間の棚」の「ロダンの首」も、庭の「泰山木」の「花」も見ていない他の人には、この二つがよくわからず、また、上五と中七・下五の間のつながりもよくわからない筈である。だから、森田峠の見解のように、「飛躍が大きすぎてわたしにはなじみにくい」ということになるのである。

「ロダンの首」の句は、かくいう私にも「なじみにくい」句である。角川邸に行っていず、実際に「ロダンの首」も「泰山木」の「花」も見ていない私には、「ロダンの首」の句は、切れというよりそれ以上のもの、つまり断絶や飛躍がある句であって、あまり良くない句のように思える。これは、吟行などで作られ、句会に出された句、とりわけ、挨拶句に生じる限界である。「ロダンの首」の句は、源義の第一句集の書名にとられた句として広く知られてはいても、やはり、この限界を免れてはいない。

七

ここで、第一句集の書名の『ロダンの首』に話を戻したい。「ロダンの首」の句をもとにして句集の書名を『ロダンの首』とした源義は、書名のつけ方を間違っていたような気がしてならない。

元元、源義には、「ロダンの首」の句を高く評価していない形跡があった。源義自身、高く評価していない句にもとづき、句集の書名をつけようとしたのは、「新宅びらきの句会」の印象があまりにも強かったからであった。源義は「二十数人の知名俳人」達を呼び、自邸で句会を催したことを「一生の面目」ととり、「喜んで」いたではないか。その上、句会に出した「ロダンの首」の句の反応は、そう悪くはなかった。句中の語（句）にも人を惹きつけるところがあった。また、今後、句作を続け、俳人として生きていくのなら、句会で反応が良かった句にもとづいて書名を決めた方が都合がよいだろうという計算もあった。こういうふうにして、「ロダンの首」の句から、第一句集の書名が決められていった。

しかし、この結果、句会に出た源義自身や俳人達にはよくわかっても、句会に出ていない森田峠や私や他の一般読者には、断絶、または、飛躍があるために「なじまない」句、または、よくわからない句の中の語句を書名にするという間違いを犯すことになったのである。

「ロダンの首」の句は、源義の第一句集の書名がとられた句として、一般読者に広く知られていった。しかし、ていねいに読むと、断絶、または、飛躍があるために、唐突でよくわからない句であるにもかかわらず、有名になっていくという運命を背負うことになっていった。こういうことは、ある意味では、悲劇である。「ロダンの首」の句は、作者源義によって、悲劇的な運命を背負された句と言ってよいだろう。

注

（1）秋元不死男「『ロダンの首』の初めの方の賞讃句」（『季節』、昭31・6、六頁―七頁）

（2）『合本俳句歳時記第三版』（平18・10、角川書店、「泰山木の花」の項）
（3）角川源義「牡丹記」（『笛』、昭31・7、四三頁。のち、『角川源義全集第五巻』、昭63・10、角川書店）
（4）「角川源義年譜」（『角川源義全集第五巻』、前出、六一九頁）
（5）「牡丹記」には、「二三日前、文箱を整理してみると、当日皆さんに書いていただいた色紙が出て来たので、その時の俳句が判った」という一節があり、たかしと草田男の句が一句ずつ紹介されている。この「色紙」に句会の月日は書かれていなかったのだろうか。
（6）「角川源義自選百句」（『俳句』、昭43・8、角川書店）
（7）飯田龍太「角川源義鑑賞（上）」（『俳句』、昭51・2、八九頁）
（8）角川源義「灰色の季節」（『俳句』、昭46・5、四二頁、のち、『角川源義全集第五巻』、前出）
（9）松本旭「角川源義」（秋元不死男他編『近代俳句大観』、昭49・1、明治書院、五九八頁）
（10）鍵和田秞子「角川源義」（尾形仂編『俳句の解釈と鑑賞事典』'79・4、旺文社、四八五頁、のち、同編『新編俳句の解釈と鑑賞事典』、'00・11、笠間書院）
（11）吉田鴻司編『昭和俳句文学アルバム11　角川源義の世界』（平元・11、梅里書房、九〇頁）吉田鴻司は別のところで次のようにも述べている。「記念に贈られた泰山木の花の見事な大きさ、ロダンの首の像に最もいかつい似つかわしい花である」（吉田鴻司編『脚註名句シリーズ1／6　角川源義集』、平6・8、俳人協会、七頁）
（12）草間時彦「作品の背景―角川源義の言葉と共に―」（『俳句』、昭51・2、二六六頁、のち、『花あれば―角川源義追悼録』、昭52・10、角川書店）
（13）森田峠「大学の先輩」（『角川源義読本』平17・10、角川書店、三八一頁）
（14）松本旭「角川源義」（沢木欣一『新訂俳句シリーズ・人と作品19　近代俳人』、昭59・7、桜楓社、二三八頁）

あとがき

私は平成元（一九八九）年四月、九州大谷短期大学に赴任しました。以後、すくなくとも一年に一編は論考を書くように努めてきました。すると、論考がすこしずつたまっていきました。たまった論考はまとめて本にしてきました。『夏目漱石の小説と俳句』（平8・4、翰林書房）と『山頭火・虚子・文人俳句』（平11・9、おうふう）がそれです。

〈光陰矢のごとし〉とは、よく言ったもので、私は来年三月、定年退職を迎えることになりました。すると、前々著、前著に収録しなかった論考をまとめて本にしておこうという気持ちが強くなってきました。そこで、未収録論考の中から十三編を選び、まとめたのが本書です。

私が興味を持っている夏目漱石は、熊本で鏡子と結婚式をあげ、新しい生活を始めました。この時期に漱石と子規が詠んだ俳句をとりあげ、一編書きました。漱石はその後、熊本に住みながら、九州の各地へ旅し、俳句を作りました。鏡子との新婚旅行や他の用事で福岡県にも来て俳句を作りました。幸運なことに、私の勤務校の所在地も私の住所も福岡県内にあります。それで、私は漱石が訪れた福岡県内の各地へ実際に行き、漱石の俳句について調べることができました。こうして私は四編書きました。以上の五編をまとめたのが、「第一部　漱石」です。

私は漱石と同じく俳句と小説に取り組んだ他の小説家にも興味を持つようになりました。その一人が漱石の弟子の龍之介でした。龍之介が俳句を作り始め、『ホトトギス』に投句していた時期をとりあげ、一編書きました。龍之介の主治医の下島空谷が俳句を作り、『薇』という句集を出していたことにも興味を持ちました。『薇』の中には、龍之介を詠んだ句が多く入っていたからです。そこでそれらの句をとりあげ、一編書きました。以上の二編をまとめたのが、「第二部　龍之介」です。

漱石や龍之介の俳句に興味を持つようになった私は、この二人や他の小説家の俳句をより良く理解するには、自分も実際に俳句を作る方が良いだろうと考え、そうしました。すると、小説を書かない他の俳人、つまり、専門の俳人達にも興味を持つようになりました。こうして、楸邨、波郷、山頭火、櫂、朱鳥、源義などについて六編書きました。これら六編をまとめたのが、「第三部　他の俳人」です。

最後になりましたが、未熟な私をなにかと励まして下さった竹盛天雄先生と故上野理先生に、私を採用して下さった桑門豪前学長と小林博聞前副学長に、二度も出版をひきうけて下さった今井肇・静江御夫妻に心から御礼申し上げます。それから、私の二十一年に及ぶ単身赴任の間、家庭を支えてくれた妻典子にも心から感謝していることを付け加えておきます。

平成二十一年四月

斉藤英雄

初出一覧

本書に収録した論考は、全て既に発表したものである。そこで、次に初出を明らかにしておく。なお、本書収録に際し、原題を少し改めたものがある。そういう論考には、原題を添えておいた。

第一部　漱石

Ⅰ　漱石と子規の交友について―結婚の俳句を中心に―　『九州大谷情報文化』第32号、平16・3

Ⅱ　漱石の新婚旅行の俳句について（その1）―筑紫野市の俳句を中心に―
（原題「夏目漱石の新婚旅行の俳句について―筑紫野市の俳句を中心に―」）　『九州大谷情報文化』第33号、平17・3

Ⅲ　漱石の新婚旅行の俳句について（その2）―「太宰府天神」の俳句を中心に―
（原題「夏目漱石の新婚旅行の俳句について―「太宰府天神」の俳句を中心に―」）　『九州大谷研究紀要』第32号、平18・3

Ⅳ　漱石の新婚旅行の俳句について（その3）―福岡市の俳句を中心に―
（原題「夏目漱石の新婚旅行の俳句について―福岡市の俳句を中心に―」）　『九州大谷研究紀要』第33号、平19・3

Ⅴ　漱石の久留米市の俳句について―〈高良山行〉の俳句を中心に―
（原題「夏目漱石の久留米市の俳句について―〈高良山行〉の俳句を中心に―」）　『九州大谷研究紀要』第35号、平21・3

第二部　龍之介

Ⅰ　龍之介の『ホトトギス』投稿句について
（原題「芥川龍之介の『ホトトギス』投稿句について」）『九州大谷研究紀要』第27号、平13・3
Ⅱ　「主治医」の見た龍之介―『薇』の俳句を中心に―
（原題「「主治医」の見た芥川龍之介―『薇』の俳句を中心に―」）
『九州大谷国文』第20号、平3・7

第三部　他の俳人

Ⅰ　楸邨と波郷―〈懐手〉をめぐって―　『九州大谷国文』第23号、平6・7
Ⅱ　長谷川櫂―人と作品―　『九州大谷国文』第25号、平8・7
Ⅲ　種田山頭火の第五句集『柿の葉』について
（原題「第五句集『柿の葉』」）　『国文学解釈と鑑賞』至文堂、平16・1
Ⅳ　野見山朱鳥―川端茅舎との関係を中心に―
（原題「野見山朱鳥」）　『展望　現代の詩歌第10巻　俳句Ⅱ』明治書院、平19・7
Ⅴ　角川源義―死者を詠んだ句を中心に―
（原題「角川源義」）　『展望　現代の詩歌第10巻　俳句Ⅱ』明治書院、平19・7
Ⅵ　角川源義の「ロダンの首」の句について
『九州大谷研究紀要』第34号、平20・3

収録に際し、表記を統一したり、言い回しや誤記を改めたり、一部を削除したり、逆に加筆したりしている。しかし、大幅な改稿はしていない。論旨を変えることもしていない。なお、本文中の敬称は、全て省略した。関わりのある方々のお許しを請いたい。

人名索引

＊表題また章題などにその名が含まれているものは、本文中の最初に出てくる頁のみを採り太字で示した。

【著者略歴】
斉藤英雄（さいとう　ひでお）
昭和19（1944）年、茨城県古河市に生まれる。
同38年、埼玉県立春日部高校卒業。
同43年、早稲田大学第一文学部英文学専修卒業。
同49年、同大学同学部日本文学専修卒業。
埼玉県の県立高校に勤めたあと、
平成元（1989）年、九州大谷短期大学へ。
現在、同短期大学表現学科教授。
著書
『夏目漱石の小説と俳句』（平８・４、翰林書房）
『山頭火・虚子・文人俳句』（平11・９、おうふう）
『斉藤火出男句文集』（平10・６、私家版）
『続斉藤火出男句文集』（平16・12、私家版）
論考
「浜田廣介『椋鳥の夢』の世界―不在の〈母〉の出現―」（『九州大谷国文』第28号、平11・７）
「与田準一の小学校教師時代について―『赤い鳥』を中心に―」（『九州大谷研究紀要』第29号、平15・３）
など

漱石・龍之介の俳句

発行日	2009年５月20日　初版第一刷
著　者	斉藤英雄
発行人	今井　肇
発行所	翰林書房
	〒101-0051 東京都千代田区神田神保町1-14
	電　話　(03)3294-0588
	FAX　(03)3294-0278
	http://www.kanrin.co.jp/
	Eメール● Kanrin@nifty.com
印刷・製本	シナノ

落丁・乱丁本はお取替えいたします

ISBN978-4-87737-277-4